De kronieken van Oz

VANCOUVER I.
BRITISH COLUMBIA
DOMINION
ALBERTA
MANITOBA
ASSINIBOIA
WASHINGTON TER.
MONTANA TER.
MINNESOTA
OREGON
IDAHO TER.
DAKOTA TERRITORY
WYOMING TER.
IOWA
NEVADA
NEBRASKA
UTAH TER.
COLORADO
CALIFORNIA
KANSAS
MISSO
PUBLIC LAND
INDIAN TER.
ARIZONA TER.
NEW MEXICO TER.
ARKA
TEXAS
LOUISI
UNITED STATES
OF
MEXICO
PACIFIC OCEAN
G'UE

OF CANADA
QUEBEC
NEW BRUNSWICK
MAINE
NOVA SCOTIA
ONTARIO
NEW HAMPSHIRE
VERMONT
MICHIGAN
MASSACHUSETTS
WISCONSIN
NEW YORK
RHODE ISLAND
CONNECTICUT
PENNSYLVANIA
NEW JERSEY
ILLINOIS
INDIANA
OHIO
DELAWARE
WEST VIRGINIA
MARYLAND
KENTUCKY
VIRGINIA
MISSOURI
NORTH CAROLINA
TENNESSEE
SOUTH CAROLINA
MISSISSIPPI
ALABAMA
GEORGIA
TEXAS
FLORIDA
OF MEXICO
ATLANTIC OCEAN
NORRIS'
CYCLOPÆDIC
MAP OF THE
UNITED STATES
OF AMERICA,
(EXCEPTING ALASKA.)
Together with adjacent portions of the
Dominion of Canada
and of the
UNITED STATES OF MEXICO,
The cyclopædic character is derived from the combination of the
map proper with its descriptive blocks representing
capitals and business centres, and which
always accompany it.
Prepared for use in schools and in the home circle.
Patented June 12, 1883.
Originated, Manufactured and Published by
W. R. NORRIS,
NEW YORK.
1885.

De Kronieken van Oz

Deel 1

De Wonderbaarlijke Tovenaar van Oz

Ahvô Braiths

Nur: 280

ISBN: 978-90-821782-2-7

www.kroniekenvanoz.nl

Oorspronkelijke titel: *The Wonderful Wizard of Oz*
Auteur: Lyman Frank Baum (*De Koninklijke Geschiedschrijver van Oz*)
Eerste publicatie: 1900

Eerste druk van deze vertaling: 2015
Deze uitvoering: 2^e druk 2018 (herzien) – 2de oplage 2019
Illustraties: Monique Luiken voor DessinDestin
Redactie: Margreet de Roo voor Maneno tekstredactie
Vertaling: Jeroen van Luiken-Bakker
Uitgever: Ahvô Braiths, Beverwijk (the Netherlands)

'De Kronieken van Oz' bestaan uit de volgende delen:

De Wonderbaarlijke Tovenaar van Oz
Het Wonderlijke Land van Oz
Vreemde bezoekers uit Oz

Het Wokkelkeverboek
Ozma van Oz
Doortje en de Tovenaar in Oz

De Weg naar Oz
De Smaragd Stad van Oz
Het Lappenmeisje van Oz

Verhaaltjes uit Oz
Tik-Tak van Oz
De Vogelverschrikker van Oz

Rinkitink in Oz
De Verloren Prinses van Oz
De Blikken Houthakker van Oz

De Magie van Oz
Glinda van Oz
Lexicon en minibiografie

Met grote dank aan

Lyman Frank Baum

voor het schrijven

van zulke fantastische boeken.

Voor de kinderen van de wereld,

of ze nu groot of klein zijn:

bewandel met mij
de
weg met de gele steentjes,

want ook het hart
heeft een deur
vanwaar

een pad
eindeloos
verdergaat.

Jeroen van Luiken-Bakker

Ten geleide

Als kind was ik altijd diep onder de indruk van de avonturen van Doortje en haar vrienden die zij beleefden in Oz. Ik raakte zo geïnspireerd door deze verhalen dat ik zelf ook verhalen begon te vertellen over het wonderlijke Land van Oz, niet wetende dat L. Frank Baum (*De Koninklijke Geschiedschrijver van Oz*) in zijn leven vele boeken schreef die tot de Oz-<u>canon</u> behoren. Naarmate ik ouder werd, begon ik me steeds meer te verdiepen in de wonderlijke wereld van Oz. Op een dag had ik de moed gevat om eens naar een boekwinkel te gaan om te vragen of er nog meer boeken waren over Oz. Dat bleek het geval, maar ik kwam van een koude kermis thuis toen bleek dat de boeken alleen in het Engels beschikbaar waren. Op die dag beloofde ik mezelf dat als de boeken op mijn dertigste verjaardag niet in het Nederlands beschikbaar zouden zijn, ik ze zelf zou gaan vertalen.

Met deze serie, 'De <u>Kronieken</u> van Oz', stel ik mij tot doel deze prachtige boeken voor de kinderen (en volwassenen) binnen het Nederlandse taalgebied beschikbaar te maken, zodat zij wel kunnen vragen om meer boeken over dit prachtige land. De serie bestaat niet alleen uit de boeken van L. Frank Baum, maar zal worden afgesloten met een mini-biografie en een lexicon.

Vanaf hier wens ik u en uw kinderen heel veel magische avonturen in Oz toe.

Jeroen van Luiken-Bakker

Beverwijk, 12 april 2013

Introductie

Volksverhalen, legendes, mythes en sprookjes hebben de kinderen door de eeuwen heen altijd achtervolgd, want kinderen hebben een gezonde en instinctieve voorliefde voor verhalen die te fantastisch en te wonderbaarlijk zijn voor woorden – en bovenal onecht. De gevleugelde feeën van Grimm en Andersen hebben een kinderhart meer blijdschap gebracht dan al het andere dat de mens schiep.

Maar na generaties van trouwe dienst kunnen de traditionele sprookjes nu op de plank met 'historische boeken' van de jeugdbibliotheek worden gezet, want de tijd is gekomen voor nieuwe 'wonderbaarlijke verhalen' waarin een stereotype geest in de fles, dwerg en fee niet meer voorkomen. Zij kunnen samen met die verschrikkelijke en bloedstollende incidenten, die de schrijvers tot het morele speerpunt van elk verhaal maakten, verdwijnen. Het onderwijs besteedt tegenwoordig aandacht aan moraliteit en daarom wil het moderne kind alleen nog maar vermaakt worden door de wonderbaarlijke verhalen en gaat het graag aan de narigheid voorbij.

Met dit in gedachten is het verhaal 'De Wonderbaarlijke Tovenaar van Oz' geschreven, puur en alleen om er de kinderen van vandaag een plezier mee te doen. Het wil graag een modern sprookje zijn, waarin de verwondering en het plezier behouden blijven en waarin er geen ruimte is voor hartverscheurend verdriet en nachtmerries.

L. Frank Baum

Chicago, april 1900

Voor de jongste lezers staan er in dit boek misschien wat lastige woorden, daarom staat er achter in dit boek een lijst waarin een aantal woorden wordt uitgelegd. Woorden die in de lijst staan kan je gemakkelijk herkennen, omdat ik ze heb <u>onderstreept</u>.

Inhoud

Dit boek is opgedragen aan mijn
goede vriend & kameraad,

Mijn Vrouw

L.F.B.

Hoofdstuk 1:

De Wervelstorm

oortje woonde met haar oom Hendrik, die boer was, en tante Emma, die de boerin was, op een boerderij in <u>Amerika</u>. Het houten huisje stond te midden van de grote prairies van <u>Kansas</u>. Het hout had vele mijlen moeten afleggen op een paard-en-wagen voor het hier door de timmerman als huis kon worden neergezet. Er waren vier muren, een vloer en een dak, die samen de kamer vormden. In de kamer stonden een roestig uitziende kookstoof, een kast voor de schone vaat, een tafel met drie of vier stoelen en de bedden. Oom Hendrik en tante Emma hadden een groot bed in de ene hoek en Doortje had een klein bed in een andere hoek. Er was geen zolder en geen kelder, behalve een klein gat dat in de grond was gegraven. Dat werd de <u>tornadokelder</u> genoemd en daarin kon de familie schuilen wanneer zo'n grote draaikolk van wind op kwam zetten. Zo'n wervelwind was krachtig genoeg om elk gebouw op zijn pad te versplinteren. Je kon de kelder bereiken door een luik in de vloer te openen en via een ladder het smalle donkere gat in te kruipen.

Als Doortje in de deuropening stond en om zich heen keek, kon ze niets anders zien dan een uitgestrekte grauwe vlakte. Je kon nog geen boom of huis aan de horizon zien, ongeacht in welke richting je keek. Door de felle zon was de omgeploegde grond gaan scheuren en het land was één grote grijze massa geworden. Zelfs het gras wilde niet langer groen zijn; de zon had de sprieten en halmen uitgedroogd tot ze grijs werden. Het houten huis was ooit geschilderd, maar de zon had de verf doen bladderen en de regen had het weggespoeld en nu was het huis net zo duf en grijs als al het andere.

Toen tante Emma hier kwam wonen, was ze een mooie jonge vrouw. De zon en de wind hadden ook haar veranderd: ze ontnamen haar de twinkeling in de ogen en haar ogen werden somber en grijs; ze hadden de blos van haar wangen en lippen weggenomen en haar grijs gemaakt. Tante Emma was dun en schraal geworden en in deze dagen lachte ze niet meer. Doortje was heel jong, en een weesje, toen ze hier kwam wonen. Tante Emma schrok keer op keer wanneer Doortje in lachen uitbarstte en het uitschreeuwde van plezier. Ze drukte haar hand tegen haar hart wanneer de vrolijke klanken van Doortje haar oren bereikten en dan keek ze naar het kleine meisje en vroeg zich af wat het toch had kunnen zijn dat haar zo aan het lachen maakte.

Oom Hendrik lachte nooit. Hij was de hele dag, van 's ochtends vroeg tot 's avonds laat, aan het werk en hij wist niet wat plezier maken betekende. Hij was ook grijs geworden, van zijn baard tot zijn ruige laarzen. Hij zag er bars en statig uit en hij sprak maar zelden.

Het was Toto die Doortje zo aan het lachen maakte en hij zorgde ervoor dat ze niet zo grijs werd als haar omgeving. Toto was niet grijs. Nee, hij was een kleine zwarte hond, met lang zijdezacht haar en kleine zwarte oogjes, die vrolijk twinkelden naast zijn grappige neusje. Toto speelde de hele dag door en Doortje speelde met hem. Ze hield heel veel van Toto.

Vandaag werd er niet gespeeld. Oom Hendrik zat op de vlonder en keek bezorgd naar de lucht. De lucht zag er grauwer uit dan gewoonlijk. Doortje stond in de deuropening met Toto in haar armen en ze keek ook naar de lucht. Tante Emma stond de vaat te wassen.

Vanuit het noorden hoorden ze het gejammer van de wind en oom Hendrik en Doortje konden de lange grashalmen zien buigen voor de opkomende storm. Plots klonk er een scherp gefluit door de lucht; het kwam uit het zuiden. Toen oom Hendrik en Doortje omkeken zagen ze ook uit deze richting het gras golven.

Opeens stond oom Hendrik op.

"Er komt een <u>wervelstorm</u> aan, Emma," riep hij naar zijn vrouw. "Ik ga het vee op stal zetten." Hij rende naar de schuur waar de koeien en paarden stonden.

Tante Emma liet haar werk vallen en kwam naar de deur gesneld. Slechts één blik naar buiten maakte haar al duidelijk dat het onheil snel dichterbij kwam.

"Vlug, Doortje!" schreeuwde ze. "Ga naar de kelder!"

Toto sprong uit de armen van Doortje en verschool zich onder het bed. Doortje ging achter hem aan om hem weer op te pakken. Tante Emma, die doodsbang was, trok het luik in de vloer open en daalde de ladder af naar het smalle en donkere gat. Met enige moeite kreeg Doortje Toto te pakken en liep naar haar tante toe. Toen ze halverwege was, rukte de wind zo hard aan het huis dat Doortje haar evenwicht verloor en op de grond viel.

Er gebeurde iets vreemds.

Het huis draaide twee of drie keer in de rondte en steeg op. Doortje had het gevoel alsof ze in een luchtballon terecht was gekomen.

De noordenwind en de zuidenwind ontmoetten elkaar precies op de plek waar het huisje stond en daar ontstond het centrum van de wervelwind. In het midden van de wervelstorm is het redelijk windstil, maar de grote druk van de wind duwde het huis steeds hoger en hoger, de slurf van de wervelstorm in, totdat het boven op de top van de storm zweefde; daar bleef het en zo werden Doortje, Toto en het huis nog vele mijlen meegesleurd, alsof ze niet zwaarder waren dan een veertje.

Het was donker en om haar heen huilde de wind verschrikkelijk, maar Doortje vond desondanks dat de reis gemakkelijk verliep. Na de eerste paar omwentelingen van het huis, en die ene keer dat het huis een flinke klap maakte, voelde ze zich nu alsof ze als een baby in slaap werd gewiegd.

Toto vond het allemaal niet zo leuk. Hij rende door de kamer. Hij stond dan weer hier en dan weer daar en hij blafte luidkeels. Doortje zat daarentegen stilletjes op de vloer en wachtte af wat er zou gaan gebeuren.

Toto kwam zelfs een keer zo dicht bij het luik dat hij erin viel. Eerst dacht het meisje dat ze hem kwijt was, maar ze zag al snel dat er een paar oren door het gat naar boven staken, de druk van de wind duwde hem, net als het huis, naar boven en hij kon dus niet vallen. Doortje kroop naar het gat en pakte Toto bij een van zijn oren en sleepte hem weer de kamer in. Daarna deed ze het luik dicht, zodat er geen ongelukken meer konden gebeuren.

Uren verstreken en langzaam maar zeker groeide Doortje over haar angst heen, maar ze voelde zich wel eenzaam en de wind gierde zo hard dat ze er bijna doof van werd. In het begin was Doortje bang dat ze met huis en al te pletter zouden vallen, maar de uren gingen voorbij en er gebeurde niets. Ze besloot te stoppen met zich zorgen maken. Het was beter om kalm af te wachten wat de toekomst zou brengen. Uiteindelijk kroop ze voorzichtig over de vloer naar haar bed en ging erop liggen. Toto volgde snel en kroop naast haar in bed.

Ondanks het schommelen van het huis en het gieren van de wind sloot Doortje haar ogen en viel in een diepe slaap.

Hoofdstuk 2:

De Raad

van de

Knibbelingen

e werd wakker van een harde klap. De klap was zo hard dat wanneer ze niet op het zachte bed had gelegen, ze zich vast en zeker flink pijn had gedaan. Het kraken van het huis deed haar adem stokken en ze vroeg zich af wat er gebeurd was. Toto drukte zijn koude, natte neus in haar gezicht en maakte een droevig piepgeluidje. Doortje ging rechtop zitten en merkte dat het huis niet langer bewoog. Het was ook niet meer donker, want van buiten scheen de zon warm door het raam naar binnen en vulde de kamer. Ze sprong van het bed en rende, met Toto op haar hielen, naar de deur. Ze deed de deur open en keek om zich heen.

Het meisje slaakte een gilletje van verbazing en haar ogen werden groot van verwondering over de prachtige omgeving die ze zag.

De wervelstorm had het huis neergezet, heel voorzichtig – voor een wervelwind tenminste –, te midden van een prachtig landschap. Er waren prachtige groene velden met statige bomen die rijk waren begroeid met overheerlijk fruit. Ze werd omringd door borders met prachtige bloemen en de vogels, van vreemde maar prachtige pluimage, zongen en fladderden in de bomen en struiken. Even verderop stroomde een klein beekje dat spatterend en spetterend voortsnelde tussen de groene oevers en dat, voor een meisje dat zo lang op de droge en grijze velden had gewoond, leek te murmelen met een <u>gracieuze</u> stem.

Terwijl ze nog genietend van de vreemde maar prachtige omgeving om zich heen stond te kijken, viel haar een groepje mensen op. Het waren de vreemdste mensen die ze ooit had gezien. Ze waren niet zo groot als de volwassenen waaraan ze gewend was, maar ze waren ook niet heel erg klein. In feite leken ze net zo groot als Doortje. Nou was Doortje best flink voor haar leeftijd, maar het groepje mensen leek, voor zover je dat kunt zien natuurlijk, vele jaren ouder.

Er waren drie mannen en één vrouw en ze waren vreemd gekleed. Ze droegen ronde hoeden die in een kleine punt samenkwamen op ongeveer een <u>voet</u> boven hun hoofden, met belletjes aan de randen die zachtjes tingelden als ze zich voortbewogen. De hoeden van de mannen waren blauw en die van de kleine vrouw was wit. De vrouw droeg een witte jurk die vanaf haar schouders in plooien naar beneden viel. De jurk leek bestrooid met kleine sterretjes die glinsterden in de zon als diamanten. De mannen droegen hun kleren in dezelfde blauwe kleur als hun hoed en ze droegen goed gepoetste laarzen met een diepblauwe omgeslagen kraag aan de bovenkant. De mannen moesten wel net zo oud zijn als oom Hendrik, dacht Doortje, want twee van hen hadden baarden. Maar de kleine vrouw moest zelfs nog ouder zijn, want haar gezicht zat onder de rimpels en <u>heur</u> haren waren nagenoeg wit en ze liep langzaam en stijfjes.

Toen het groepje het huis naderde, waar Doortje nog steeds in de deuropening stond, bleven ze staan en fluisterden zachtjes met elkaar, alsof ze bang waren om dichterbij te komen. De kleine oude vrouw liep naar Doortje toe, maakte een buiging en zei met een vriendelijke stem:

"Wees welkom, nobele tovenares, in het land van de Knibbelingen. We zijn u erg dankbaar voor het doden van de <u>Boze</u> Heks van het Oosten, want nu is ons volk eindelijk vrij van slavernij."

Doortje luisterde met verbazing naar de kleine vrouw. Waarom noemde ze haar een tovenares en waarom zei ze dat Doortje de Boze Heks van het Oosten had gedood? Doortje was een onschuldig en ongevaarlijk klein meisje dat door een wervelstorm vele mijlen ver van huis was geraakt en ze had nog nooit ook maar een vlieg kwaad gedaan in haar hele leven.

Maar het was duidelijk dat de kleine vrouw een antwoord verwachtte van Doortje, dus zei ze wat stamelend:

"U bent erg aardig, maar er moet sprake zijn van een misverstand. Ik heb niemand doodgemaakt."

"Maar je huis wel," antwoordde de kleine oude vrouw met een glimlach, "en dat is hetzelfde. Kijk maar!" ging ze verder terwijl ze wees naar de hoek van het huis. "Er steken nog twee voeten onder het hout uit."

Doortje keek en gaf een gilletje van schrik. Ze zag inderdaad twee voeten onder de houten balk waar het huis op steunde uitsteken. De voeten zaten in een paar Zilveren Schoenen met puntige neuzen geschoven.

"O jee, o jee," riep Doortje wanhopig handenwringend uit, "het huis moet op haar gevallen zijn. Wat kunnen we doen?"

"Er is niets aan te doen," zei de kleine vrouw kalmpjes.

"Maar wie was ze dan?" vroeg Doortje.

"Zij was de Boze Heks van het Oosten, zoals ik al zei," antwoordde de kleine vrouw. "De Knibbelingen waren jarenlang haar slaven en ze moesten dag en nacht voor haar werken. Nu zijn ze eindelijk vrij en voor die gunst zijn ze je erg dankbaar."

"Wie zijn de Knibbelingen?" informeerde Doortje.

"Zij zijn het volk dat woont in het land van het Oosten, waar de Boze Heks de baas was."

"Bent u een Knibbeling?" vroeg Doortje.

"Nee, maar ik ben wel hun vriend, al leef ik in het land van het Noorden. Toen de Knibbelingen zagen dat de Heks van het Oosten dood was, hebben ze een snelle boodschapper naar mij toe gestuurd en ik kwam meteen. Ik ben de Heks van het Noorden."

"O hemeltje!" riep Doortje uit. "Bent u een echte heks?"

"Ja, ik ben een heks," antwoordde de kleine vrouw. "Maar ik ben een Goede Heks en de mensen houden van me. Ik ben niet zo machtig als de Boze Heks die hier de baas was, anders had ik het volk zelf wel van haar bevrijd."

"Maar ik dacht dat alle heksen slecht waren," zei het meisje, dat een beetje nerveus was geworden omdat ze tegenover een echte heks stond.

"O welnee, dat is een groot misverstand. Er zijn slechts vier heksen in het hele Land van Oz. Twee van hen, de heksen die in het Noorden en in het Zuiden wonen, zijn Goede Heksen. Ik weet dat dit waar is, want ik ben er zelf één van en ik kan me niet vergissen. De heksen die in het Oosten en in het Westen verblijven zijn, inderdaad, slechte heksen, maar nu jij er eentje hebt omgebracht is er nog maar één Boze Heks over in het Land van Oz en die leeft in het Westen.”

“Maar,” zei Doortje na even te hebben nagedacht, “tante Emma vertelde mij dat alle heksen al vele jaren geleden dood zijn gegaan.”

“Wie is tante Emma?” informeerde de kleine oude vrouw.

“Ze is mijn tante bij wie ik in Kansas, waar ik vandaan kom, woon.”

De Heks van het Noorden leek even na te denken en keek naar de grond. Toen keek ze op en zei:

“Ik heb geen idee waar Kansas ligt, omdat ik nog nooit van dat land heb gehoord. Maar vertel me, is het een beschaafd land?”

“O, ja,” antwoordde Doortje.

“Dat verklaart het dan. In de beschaafde landen zijn geloof ik geen heksen meer over en ook geen tovenaars, tovenaressen en magiërs. Maar je moet begrijpen dat het Land van Oz nooit beschaafd is geworden, want we zijn afgesneden van de rest van de wereld. Daarom zijn er hier nog steeds heksen en tovenaars onder ons.”

“Wie zijn de tovenaars?” vroeg Doortje.

“Oz zelf is een Grote Tovenaar,” antwoordde de Heks met een fluisterstem. “Hij is machtiger dan alle heksen samen. Hij woont in de Stad van Smaragden.”

Doortje was van plan om nog een vraag te stellen, maar juist op dat moment gaven de Knibbelingen, die tot dan toe stilletjes hadden staan wachten, een luide gil en wezen naar de plek waar de Boze Heks onder het huis had gelegen.

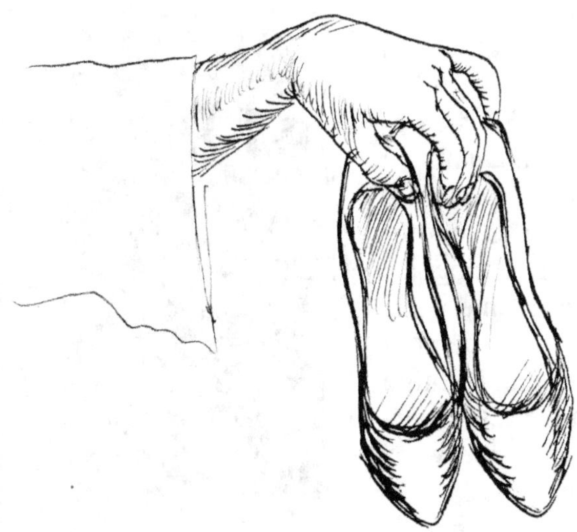

“Wat is er aan de hand?” vroeg de kleine oude vrouw. Ze keek om en begon te lachen. De voeten van de dode Heks waren helemaal verdwenen en er was niets meer van over behalve de Zilveren Schoenen

"Ze was zo oud," verklaarde de Heks van het Noorden, "dat ze heel snel uitdroogde in de zon. Dat is nu haar einde. Maar de Zilveren Schoenen zijn nu van jou en je zal ze moeten dragen." Ze pakte de schoenen op en nadat ze het stof eruit had geschud gaf ze de schoenen aan Doortje.

"De Heks van het Oosten was erg trots op die Zilveren Schoenen," zei een van de Knibbelingen, "en ze kon er goed mee toveren. We hebben alleen nooit ontdekt hoe ze dat deed."

Doortje zette de schoenen binnen op de tafel. Toen liep ze weer naar de Knibbelingen die buiten waren en zei:

"Ik wil graag weer terug naar mijn oom en tante, ik weet zeker dat ze zich ernstige zorgen maken om mij. Kan u me helpen de weg te vinden?"

De Knibbelingen en de heks keken elkaar aan en toen keken ze naar Doortje en schudden hun hoofden.

"In het Oosten, niet ver van hier," zei er eentje, "is een grote woestijn en niemand kan de oversteek overleven."

"Het is precies hetzelfde in het Zuiden," zei een ander, "ik heb het gezien, want ik ben daar geweest. In het Zuiden is het Land van de Kwartelingen."

"Mij is verteld," zei de derde man, "dat het in het Westen ook zo is. En dat is het Land van de Wenkelingen, waar de Boze Heks van het Westen de baas is en ze zou je tot slaaf maken als je in haar buurt kwam."

"En het Noorden is mijn thuis," zei de oude vrouw, "en aan de rand ligt dezelfde grote woestijn die het Land van Oz helemaal omgeeft. Lieve schat, ik ben bang dat je bij ons zal moeten blijven."

Doortje begon te snotteren bij die opmerking, want ze voelde zich helemaal alleen tussen deze vreemde mensen. Haar tranen leken de goedaardige Knibbelingen te ontroeren, want ze pakten meteen hun zakdoekjes en begonnen ook te huilen. De kleine oude vrouw pakte haar hoed en balanceerde de punt ervan op haar neus en telde met een plechtige stem: "Eén, twee, drie." Ogenblikkelijk veranderde de hoed in een leisteenbordje waar met wit krijt op stond geschreven:

De kleine oude vrouw nam het bordje van haar neus en las de woorden die erop stonden geschreven en toen vroeg ze:

"Zeg me, lief kind, is jouw naam Doortje?"

"Ja," antwoordde het meisje. Ze keek op en droogde haar tranen.

"Dan moet jij naar de Stad van Smaragden gaan. Misschien kan Oz je wel helpen."

"Waar is deze Stad?" vroeg Doortje.

"De stad ligt precies in het midden van het land en Oz, de Grote Tovenaar waar ik over vertelde, is er de baas."

"Is hij een goede man?" informeerde Doortje opgewonden.

"Hij is een Goede Tovenaar. Of hij een man is of niet weet ik niet, want ik heb hem nog nooit gezien."

"Hoe kom ik daar?" vroeg Doortje.

"Het is een lange reis en je zal moeten lopen. Het landschap zal soms plezierig zijn en soms donker en verschrikkelijk. Ik zal echter al mijn magie aanwenden om je te beschermen."

"Kan u niet met mij meegaan?" smeekte Doortje, die de kleine oude vrouw als haar enige vriend begon te beschouwen.

"Nee, dat kan ik niet," antwoordde de vrouw, "maar ik zal je een kus geven en niemand zal het aandurven een persoon die door de Heks van het Noorden gekust is kwaad te doen."

Ze kwam dichter bij Doortje en kuste haar voorzichtig op haar voorhoofd. Waar haar lippen Doortje raakten, verscheen een rond merkteken, zoals Doortje snel zou ontdekken.

"De weg naar de Stad van Smaragden is gemaakt van gele steentjes," zei de Heks, "je kan hem dus niet missen. Wanneer je voor Oz mag verschijnen, wees dan niet bang van hem maar vertel je verhaal en vraag hem je te helpen. Vaarwel, mijn kind."

De drie Knibbelingen maakten een diepe buiging voor haar, wensten haar een goede reis en liepen langs de bomen weg. De Heks gaf Doortje een vriendelijk knikje, draaide driemaal rond op haar linkerhiel en verdween in een oogwenk. Toto schrok ervan en begon spontaan te blaffen in de richting van de verdwenen vrouw, hoewel hij te bang was geweest om zelfs maar te grommen toen ze er nog stond.

Doortje, die wist dat ze een heks was, was niet in het minst verbaasd dat zij op deze manier verdween; ze had het zelfs een beetje verwacht.

Hoofdstuk 3:

Hoe Doortje de Vogelverschrikker heeft gered

oen Doortje alleen was gelaten, begon ze zich hongerig te voelen. Ze haalde een stuk brood uit de kast en besmeerde het met boter. Ze gaf Toto ook een stuk en nam de kleine <u>eetketel</u> en vulde die met het heldere, sprankelende water uit het beekje. Toto rende op de bomen af en blafte naar de vogels die daar zaten. Om hem te pakken liep Doortje achter Toto aan en toen zag ze heerlijke vruchten in de bomen hangen – net wat ze nodig had om voor zichzelf een stevig ontbijt te bereiden – en ze nam er wat van mee.

Toen ze weer in het huisje kwamen, gaf ze Toto en zichzelf een flinke slok helder, koud water en begon ze aan de voorbereidingen voor de reis naar de Stad van Smaragden.

Doortje had nog maar één andere jurk, en het toeval wilde dat die schoon aan een haakje naast haar bed hing. De jurk was gemaakt van <u>gingang</u> en had fijne blauwe en witte ruitjes en hoewel het blauw wat vaal was geworden door het vele wassen, was het nog steeds een prachtige nette jurk. Het meisje waste zich goed en kleedde zich weer aan. Ze trok de schone gingang jurk aan en knoopte haar roze kaphoed op haar hoofd tegen de zon. Ze nam een mandje en vulde dat met brood uit de kast en dekte het af met een wit lapje. Toen ze naar beneden keek, zag ze haar oude, versleten schoenen.

"Die redden zo'n een lange reis niet, Toto," zei ze. Toto keek haar aan met zijn zwarte oogjes en kwispelde met zijn staart als teken dat hij begreep wat ze bedoelde.

Op dat moment zag Doortje de Zilveren Schoenen, die van de Heks van het Oosten waren geweest, op tafel liggen.

"Ik vraag me af of ik ze zal passen," zei ze tegen Toto. "Net wat ik nodig heb voor een fikse wandeling, want ze kunnen vast niet slijten."

Ze deed haar oude schoenen uit en paste de Zilveren Schoenen en die zaten als gegoten.

Ze pakte haar mandje op.

"Kom op Toto," zei ze, "we gaan naar de Smaragd Stad en vragen de Grote Oz hoe we terug naar Kansas kunnen komen."

Ze sloot de deur, deed hem op slot en stopte de sleutel zorgvuldig in de zak van haar rok. En zo, met Toto, die rustig achter haar aan liep, begon Doortje aan haar reis.

Er waren verschillende wegen vlakbij, maar het duurde niet lang

voor Doortje die ene weg met de gele steentjes had
gevonden. Binnen de kortste keren liep ze vrolijk op
de weg naar de Smaragd Stad en haar Zilveren Schoenen fonkelden vrolijk op de harde gele bestrating. De
zon scheen schitterend en de vogels zongen zachtjes
en Doortje voelde zich niet half zo bedroefd als je wel
had kunnen verwachten van een meisje dat zomaar
was weggerukt uit haar eigen omgeving en was beland
midden in een vreemd land.

Ze was verrast toen
ze al wandelend om zich
heen keek en zag hoe mooi
het landschap eigenlijk was.
Aan weerszijden van de weg
stonden keurige hekken die
in een prachtige, smaakvolle
blauwe kleur waren geschilderd. Achter de hekken lagen weelderige velden met graan en groenten in overvloed. Het was duidelijk dat de Knibbelingen goede boeren waren, die in staat waren
om grote gewassen te verbouwen. Zo nu en
dan passeerde Doortje een huis en dan kwamen
de bewoners naar buiten en keken haar aan en
maakten een diepe buiging als
ze voorbijkwam. Ze wisten
allemaal dat Doortje verant-
woordelijk was voor de dood
van de Boze Heks en dat ze dankzij haar hun vrijheid
hadden teruggekregen. De huizen van de Knibbelingen
zagen er vreemd uit; elk huisje was rond met een groot

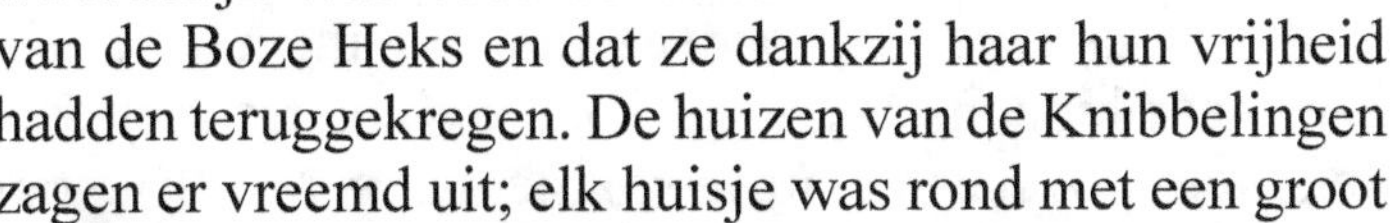

gewelf als dak. Ze waren allemaal blauw geschilderd, want in dit Land van het Oosten
was blauw de favoriete kleur.

Tegen de avond, toen Doortje moe
begon te worden van de lange wandeltocht,
begon ze zich af te vragen hoe ze de nacht
door kon brengen. Op dat moment passeerde ze een huis dat groter was dan de rest.

Op het groene gazon voor het huis zag ze veel mannen en vrouwen dansen. Vijf kleine <u>vedelaars</u> speelden zo luid mogelijk op hun <u>vedel</u> en de mannen en vrouwen lachten en zongen. Vlak bij hen stond een tafel overladen met heerlijk fruit, noten, hartige taarten, cake en vele andere goede etenswaren.

Doortje werd hartelijk gegroet en ze nodigden haar uit voor het <u>souper</u> en om de nacht bij hen door te brengen. Dit was tenslotte het huis van een van de rijkste Knibbelingen in het land en de vrienden kwamen hier samen om te vieren dat ze bevrijd waren van de Boze Heks. Doortje at van het stevige souper en werd bediend door de rijke Knibbeling zelf; zijn naam was Boq. Ze ging zitten en keek naar de dansende Knibbelingen.

Toen Boq de Zilveren Schoenen zag zei hij:

"U moet wel een grote tovenares zijn."

"Hoezo?" vroeg het meisje.

"Omdat u de Zilveren Schoenen draagt en de Boze Heks hebt gedood. Overigens, u draagt ook wit in uw jurk en alleen heksen en tovenaressen dragen wit."

Terwijl Doortje haar jurk gladstreek zei ze: "Mijn jurk is blauw en wit geruit."

"Ja, dat is erg vriendelijk van u," zei Boq. "Blauw is de kleur van de Knibbelingen en wit is de kleur van de heksen; dus kunnen we zien dat u een vriendelijke heks bent."

Doortje wist niet wat ze moest zeggen. Iedereen zag haar kennelijk aan voor een heks, maar ze wist heel goed dat zij gewoon maar een meisje was dat per ongeluk door een wervelwind in een vreemd land was beland.

Toen Doortje moe was van het kijken naar het dansen leidde Boq haar naar binnen en hij gaf haar een kamer met een mooi bed. De lakens waren van een blauwe stof gemaakt. Met Toto opgerold op het blauwe haardkleedje naast haar sliep Doortje als een roosje tot de volgende ochtend.

Tijdens het stevige ontbijt keek Doortje vermaakt toe toen een kleine Knibbelingbaby met Toto speelde en hem aan zijn staart trok terwijl hij kroop en lachte. Toto was een grappig beestje voor de Knibbelingen, want niemand had ooit eerder een hond gezien.

"Hoe ver is het naar de Smaragd Stad?" vroeg Doortje.

"Ik weet het niet," antwoordde Boq ernstig, "want ik ben er nog nooit geweest. Het is ook beter om weg te blijven van Oz, tenzij je een kwestie met hem moet bespreken. Maar het is een lange weg naar de Smaragd Stad en de reis zal vele dagen duren. Hier is het land rijk en plezierig, maar je zal door ruige en gevaarlijke plekken gaan voor het einde van je reis in zicht komt."

Dit baarde Doortje zorgen, maar ze wist dat alleen de Grote Oz haar kon helpen terug te keren naar Kansas en dus nam ze het moedige besluit om door te gaan.

Ze nam afscheid van haar vrienden en vervolgde haar reis over de weg met de gele steentjes. Toen ze enkele mijlen erop had zitten, besloot ze om even te rusten en zo gezegd zo gedaan, ze ging op een hekje langs de weg zitten. Achter het hek lag een groot maïsveld en niet ver van het hek stond een Vogelverschrikker op een hoge paal om de vogels bij het rijpe maïs weg te houden.

Doortje leunde met haar kin in haar handen en keek bedachtzaam naar het gezicht van de Vogelverschrikker. Zijn hoofd was een smalle zak die was gevuld met stro, en zijn ogen, neus en mond waren erop geschilderd om een gezicht na te maken. Een oude, puntige, blauwe hoed, die duidelijk van een Knibbeling was geweest, was op zijn hoofd geplaatst en de rest van het lichaam was gemaakt van een oud blauw pak, dat duidelijk verweerd en gedragen was; ook het pak was gevuld met stro. Aan de voeten zaten een paar oude blauwe laarzen, zoals iedere man in dit land ze droeg, en het geheel stak boven de maïsstengels uit omdat er een paal door zijn rug was gestoken waar de Vogelverschrikker op steunde.

Terwijl Doortje ernstig naar het vreemd geschilderde gezicht van de Vogelverschrikker keek, werd ze opgeschrikt door een langzame knipoog in haar richting. Eerst dacht Doortje dat ze het zich verbeeld moest hebben, want geen van de vogelverschrikkers in Kansas had haar ooit een knipoog gegeven, maar toen knikte het hoofd van de Vogelverschrikker vriendelijk naar haar. Ze klom van het hekje en liep naar de Vogelverschrikker toe, terwijl Toto rondjes om de paal rende en blafte.

"Goeiedag," zei de Vogelverschrikker met een schorre stem.

"Zei jij dat?" vroeg het meisje verwonderd.

"Jazeker," antwoordde de Vogelverschrikker, "hoe maakt u het?"

"Heel goed, dank u wel," antwoordde Doortje beleefd. "Hoe maakt u het?"

"Ik voel me niet zo goed," zei de Vogelverschrikker met een glimlach, "het is erg saai om hier dag en nacht te hangen om de vogels de stuipen op het lijf te jagen.”

“Kan je er niet afkomen?” vroeg Doortje.

“Nee, want de paal zit vast op mijn rug. Maar als je me van de paal wilt halen ben ik je eeuwig dankbaar.”

Doortje strekte haar armen uit en tilde de Vogelverschrikker van de paal; dat ging vrij gemakkelijk omdat hij alleen maar van stro was gemaakt.

“Dank je vriendelijk,” zei de Vogelverschrikker toen hij op de grond stond, “ik voel me een nieuw man.”

Doortje was erg verbaasd over wat er gebeurde, want het was zo vreemd om een met stro gevulde man te horen praten, hem te zien buigen en zelfs naast haar te zien lopen.

“Wie ben je en waar ga je naartoe?” vroeg de Vogelverschrikker toen hij zichzelf had uitgerekt en was uitgegeeuwd.

“Mijn naam is Doortje,” zei het meisje, “en ik ga naar de Smaragd Stad om de Grote Oz te vragen mij te helpen terug te keren naar Kansas.”

“Waar is de Smaragd Stad,” informeerde de Vogelverschrikker, “en wie is Oz?”

“Weet je dat dan niet?” merkte Doortje verrast op.

“Nee, ik weet niets, weet je, ik ben helemaal gemaakt van stro en waar stro zit, zit geen verstand,” zei hij somber.

“O, dat spijt me werkelijk,” zei Doortje.

“Denk je dat wanneer ik met jou meega naar de Smaragd Stad, de Grote Oz mij wat verstand zou willen geven?”

“Dat durf ik niet te zeggen,” antwoordde Doortje, “maar je mag meekomen als je dat wilt. Als Oz je geen verstand wil geven ben je niet slechter af dan je nu bent.”

“Dat is waar,” zei de Vogelverschrikker. “Zie je,” ging hij verder terwijl hij zich naar Doortje toe boog, “ik vind het niet erg dat mijn armen en benen gevuld zijn met stro, want dan kan ik me niet bezeren. Als er iemand op mijn tenen gaat staan of als iemand een staak in mij steekt dan is dat niet erg, want ik voel er niets van. Maar ik wil niet dat men mij een dwaas kan noemen – maar als mijn hoofd vol blijft zitten met stro en niet met verstand, zoals bij jou, hoe kan ik dan ook maar iets weten?”

“Ik begrijp wat je voelt,” zei het meisje, dat werkelijk met hem meeleefde. “Als je met mij meegaat zal ik Oz vragen te doen wat hij kan om jou wat verstand te geven.”

“Dank je wel,” was het dankbare antwoord van de Vogelverschrikker.

Ze liepen terug naar de weg en Doortje hielp hem over het hek. Ze liepen de weg met de gele steentjes op, die naar de Smaragd Stad leidde.

In het begin vond Toto het maar niets dat er nog iemand met hen mee op weg ging. Hij snuffelde om de Vogelverschrikker heen en verdacht hem ervan misschien wel een nest met ratten in zijn stro te hebben verstopt en hij gromde onvriendelijk naar de Vogelverschrikker.

"Let maar niet op Toto," zei Doortje tegen haar nieuwe vriend, "hij bijt nooit."

"O, maar ik ben helemaal niet bang," antwoordde de Vogelverschrikker, "hij kan het stro toch geen pijn doen. Laat mij het mandje maar voor je dragen. Ik vind het niet erg, want ik kan niet moe worden. Laat me je een geheimpje vertellen," ging hij verder terwijl hij naast haar liep, "er is maar één ding in de wereld dat mij echt bang maakt."

"En wat is dat?" vroeg Doortje. "De Knibbelingse boer die je heeft gemaakt?"

"Nee," antwoordde de Vogelverschrikker, "het is een brandende lucifer."

Hoofdstuk 4:

De Weg door het Foreest

a een paar uur lopen werd de weg slechter en het lopen werd op den duur zo lastig dat de Vogelverschrikker telkens struikelde over de ongelijk liggende gele steentjes. Soms waren de steentjes gebroken en er ontbraken hier en daar zelfs steentjes. Toto sprong vrolijk over de gaten in de weg en Doortje liep eromheen, maar de Vogelverschrikker, die geen verstand had, liep rechtdoor en stapte keer op keer in de gaten en viel languit op de harde steentjes. Het deed hem echter nooit pijn. Doortje hielp hem dan weer met opstaan en samen lachten ze om zijn ongelukjes.

De boerderijen waren hier minder goed verzorgd dan waar ze vandaan kwamen. Er waren steeds minder huizen en steeds minder fruitbomen te zien en toen ze verder gingen begon het landschap er akelig en verlaten uit te zien.

Tegen de middag namen ze plaats aan de kant van de weg vlak bij een beekje en Doortje opende haar mandje en haalde wat brood tevoorschijn. Ze bood de Vogelverschrikker een stuk aan, maar hij wilde niets eten.

"Ik ben nooit hongerig," zei hij, "en dat is maar goed ook. Mijn mond is alleen maar geschilderd. Als ik zou willen eten dan zou er een gat in gemaakt moeten worden en dan zou mijn gezicht vervormen omdat het stro eruit zou vallen."

Doortje zag meteen dat hij gelijk had. Ze knikte en ging verder met het eten van haar brood.

"Vertel me eens wat over jezelf en waar je vandaan komt," zei de Vogelverschrikker toen Doortje uitgegeten was. Ze vertelde hem alles over Kansas en hoe grijs en grauw het daar was en over de wervelstorm die haar naar dit vreemde Land van Oz had gebracht. De Vogelverschrikker luisterde aandachtig en zei:

"Ik begrijp niet waarom je terug wilt gaan naar het droge grijze land dat jij Kansas noemt als je ook in dit prachtige land kan blijven."

"Dat is omdat je geen verstand hebt," zei het meisje. "Het maakt niet uit hoe akelig, somber en grijs onze huizen zijn, we zijn mensen van vlees en bloed en zijn liever thuis dan in welk ander land te moeten leven, hoe prachtig ook, want: 'Oost West, thuis best'."

De Vogelverschrikker zuchtte.

"Natuurlijk heb je gelijk, want ik kan het niet begrijpen," zei hij.

"Als jullie hoofden ook vol zaten met stro, zoals bij mij, dan zouden jullie allemaal op mooie plaatsen wonen en was er niemand meer over om in Kansas te wonen. Het is maar goed dat jullie verstand hebben."

"Wil je een verhaaltje vertellen, nu we toch aan het rusten zijn?" vroeg het meisje.

De Vogelverschrikker keek haar verwijtend aan en antwoordde:

"Mijn leven is nog maar zo kort dat ik eigenlijk niets weet te vertellen. Ik ben pas de dag voor gisteren gemaakt. Wat er in de wereld gebeurde voor die tijd is mij onbekend. Gelukkig heeft de boer die mij gemaakt heeft als een van de eerste dingen mijn oren geschilderd, zodat ik kon horen wat er om mij heen gebeurde. Er was een andere Knibbeling bij hem en het eerste wat ik hoorde was de boer die vroeg:

'Wat vind je van de oren?'

'Ze zijn niet recht,' zei de ander.

'Maakt niet uit,' zei de boer, 'het zijn desondanks toch gewoon oren,' wat natuurlijk waar was.

'Ik ga nu de ogen maken,' zei de boer. Dus schilderde hij mijn rechteroog en toen hij klaar was keek ik met grote nieuwsgierigheid naar alles wat er om me heen te vinden was, want dit was het eerste dat ik van de wereld zag.

'Dat is nog eens een mooi oog,' merkte de Knibbeling op die stond toe te kijken, 'dit blauw is net de juiste kleur voor de ogen.'

'Ik denk dat ik het andere oog groter maak,' zei de boer. Toen het tweede oog klaar was, kon ik duidelijk beter zien dan eerst. Toen maakte hij mijn neus en mijn mond, maar ik sprak nog niet, ik wist namelijk niet waar je een mond voor nodig had. Ik genoot ervan om te zien hoe ze mijn lichaam en mijn armen en benen maakten, en toen ze mijn hoofd op het lichaam plaatsten, was ik daar apetrots op, en ik dacht dat ik een gewone man was zoals iedere andere man.

'Deze jongen verschrikt de vogels snel genoeg,' zei de boer, 'hij lijkt op een gewone man.'

'Wis en warempel, hij is een man,' zei de ander, en ik was het met hem eens. De boer droeg mij onder zijn arm het veld in en plaatste mij op de paal waar jij me vond. Kort daarop liepen ze weg en lieten mij alleen achter.

Ik vond het helemaal niet leuk om zo alleen gelaten te worden, dus ik probeerde achter ze aan te lopen, maar mijn voeten raakten de grond niet en ik bleef noodgedwongen aan de paal vastzitten. Het was best een eenzaam leven en ik had helemaal niets om over na te denken, want mijn leven was nog maar zo kort geleden begonnen. Veel vogels en kraaien kwamen het maïsveld binnen, maar zodra ze mij zagen gingen ze er als schijtlijsters vandoor, ze dachten namelijk dat ik een Knibbeling was, en ik voelde me een behoorlijk belangrijk persoon. Zo nu en dan vloog er een oude kraai naar me toe en hij bekeek mij aandachtig en landde op mijn schouder en zei:

'Ik vroeg me al af of de boer me op deze onhandige manier aan het schrikken wilde maken. Elke kraai met een beetje verstand kan wel zien dat jij alleen maar van stro bent gemaakt.' Daarna sprong hij op de grond en at al het maïs dat hij maar wilde. De andere vogels zagen dat ik ze geen greintje pijn kon doen en zij kwamen ook van het maïs eten en binnen de kortste keren was er een hele troep vogels om me heen.

Ik voelde me bedroefd want het bewees dat ik geen goede Vogelverschrikker was. De oude kraai probeerde me gerust te stellen en zei: 'Als je wat meer verstand zou hebben, zou je net zo gewoon zijn als de andere mannen en misschien wel beter dan sommigen van hen. Verstand heb je nu eenmaal nodig in het leven, of je nu een man bent of een kraai, dat maakt geen verschil.'

Toen de vogels weg waren heb ik hier eens goed over nagedacht en besloot dat ik er alles aan zou doen om wat verstand te krijgen. Bij toeval kwam jij langs en haalde je mij van de paal en door wat je vertelde weet ik zeker dat de Grote Oz mij wat verstand zal geven zodra we in de Smaragd Stad zijn aangekomen."

"Ik hoop het," zei Doortje ernstig, "omdat je het heel graag wilt hebben."

"O ja, héél erg graag zelfs," antwoordde de Vogelverschrikker. "Het is een ongemakkelijk gevoel om te weten dat je een dwaas bent."

"Laten we dan maar verdergaan," zei het meisje en ze gaf het mandje aan de Vogelverschrikker.

Er stonden geen hekken meer langs de weg en het land was ruig en onbebouwd. Tegen de avond kwamen ze bij een groot bos. De bomen waren er zó hoog en stonden zó dicht tegen elkaar aan dat het zonlicht bijna niet tot op de weg met gele steentjes kon doordringen. De reizigers lieten zich niet afschrikken en vervolgden hun weg het bos in.

"Als de weg erin gaat, komt hij er ook weer uit," zei de Vogelverschrikker, "en als de Smaragd Stad aan het andere einde van de weg is, dan moeten wij gaan waar de weg gaat."

"Dat zou iedereen weten," zei Doortje.

"Zeker, daarom weet ik het ook," antwoordde de Vogelverschrikker. "Als je verstand nodig zou hebben om dit te weten zou ik het nooit hebben gezegd."

Na een uurtje lopen begon het donker te worden en het duurde niet lang of ze liepen in het donker te struikelen. Doortje kon niets zien, maar Toto wel, want sommige honden kunnen goed kijken in het donker, en de Vogelverschrikker verklaarde dat hij in het donker net zo goed kon zien als overdag. Doortje pakte hem bij zijn arm en samen konden ze zich prima redden.

"Als je een huis of iets anders ziet waar we de nacht kunnen doorbrengen, dan moet je het zeggen, want het is heel ongemakkelijk om in het donker te lopen," zei Doortje.

Kort daarna stopte de Vogelverschrikker met lopen.

"Aan onze rechterkant zie ik een kleine hut staan," zei hij, "die is gemaakt van stronken en takken. Zullen we erheen gaan?"

"Ja, graag," antwoordde het meisje. "Ik ben zo moe."

Dus leidde de Vogelverschrikker haar door de bomen tot ze de hut bereikten. Doortje ging naar binnen en vond een bed van gedroogde bladeren in een hoekje. Ze ging meteen liggen en Toto kroop naast haar en ze vielen al snel in slaap. De Vogelverschrikker, die nooit slaap kreeg, stond in een andere hoek en wachtte geduldig tot het weer ochtend werd.

Hoofdstuk 5:

De Redding van de Blikken Houthakker

oen Doortje wakker werd scheen de zon door de bomen en zat Toto al vrolijk achter de vogels en eekhoorns aan. Ze ging rechtop zitten en keek om zich heen. De Vogelverschrikker stond nog steeds geduldig in zijn hoekje te wachten tot Doortje wakker zou worden.

"We moeten op zoek gaan naar water," zei ze tegen hem.

"Wat moet je met water?" vroeg hij.

"Om het stof van de weg van mijn gezicht te wassen en om te drinken zodat het brood niet in mijn keel blijft hangen."

"Wat moet het toch ongemakkelijk zijn om van vlees en bloed te zijn gemaakt," zei de Vogelverschrikker bedachtzaam. "Je moet slapen, eten en drinken. Maar je hebt wel verstand en het is heel wat ongemak waard om verstandig te kunnen zijn."

Ze verlieten de hut en liepen tussen de bomen door tot ze een bron vonden waar Doortje zich kon wassen en wat kon drinken en waar ze haar ontbijt at. Ze zag dat er niet veel brood meer in het mandje zat en was dankbaar dat de Vogelverschrikker niets hoefde te eten, want er zat amper genoeg brood in het mandje voor Toto en haarzelf om de dag mee door te komen.

Net toen Doortje haar ontbijt op had en ze samen terug wilden gaan naar de weg met de gele steentjes werd Doortje opgeschrikt door een diepe kreun vlakbij.

"Wat is dat?" vroeg ze schuchter.

"Ik kan het niet bedenken," antwoordde de Vogelverschrikker, "maar we kunnen gaan kijken."

Juist op dat moment bereikte nog een kreun hun oren en het leek vanachter hen te komen. Ze draaiden zich om en liepen een paar stappen door het bos, toen Doortje iets zag glinsteren in een straaltje zonlicht dat tussen de bomen door scheen. Ze rende ernaartoe en kwam, met een gilletje van verbazing, abrupt tot stilstand.

Een van de bomen was voor de helft doorgehakt en naast de boom stond, met een opgeheven bijl in de handen, een man die helemaal gemaakt was van blik. Zijn hoofd, zijn armen en zijn benen waren verbonden met zijn romp, maar toch stond hij stokstijf stil alsof hij zich totaal niet kon bewegen.

Doortje en de Vogelverschrikker keken hem verwonderd aan, terwijl Toto scherp blafte en in de benen van blik beet, wat pijn deed aan zijn tanden.

"Kreunde jij zo?" vroeg Doortje.

"Ja," antwoordde de man, "ja, dat was ik. Ik kreun al meer dan een jaar en niemand heeft me ooit gehoord of is me komen helpen."

"Wat kan ik voor je doen?" vroeg ze zachtjes. Ze had medelijden gekregen door de droevige stem van de man.

"Ga een oliekan halen en smeer mijn gewrichten," antwoordde hij. "Ze zijn vastgeroest en ik kan ze niet meer bewegen, als ik weer goed gesmeerd ben, dan zal het wel weer beter gaan. Je kan een oliekannetje vinden op een plank in mijn hut."

Doortje rende meteen terug naar de hut en vond de oliekan. Toen ze terugkwam vroeg ze opgewonden:

"Waar zitten je gewrichten?"

"Doe eerst maar wat olie in mijn nek," antwoordde de Blikken Houthakker. Doortje druppelde de olie in de nek, maar hij was behoorlijk vastgeroest. De Vogelverschrikker pakte het blikken hoofd en voorzichtig bewoog hij het heen en weer totdat de man zelf zijn hoofd weer kon bewegen.

"En nu de gewrichten in mijn armen," zei hij. En Doortje druppelde wat olie op de armen en de Vogelverschrikker bewoog ze voorzichtig heen en weer, tot ze weer vrij van roest waren en konden bewegen alsof ze nieuw waren.

De Blikken Houthakker slaakte een zucht van verlichting, liet zijn bijl zakken en leunde tegen de boom.

"Dit is een grote opluchting," zei hij. "Ik hield die bijl al in de lucht sinds het moment dat ik vastgeroest was. Ik ben blij dat ik hem nu kan laten zakken. Als jullie nu ook nog de gewrichten in mijn benen willen insmeren met olie dan ben ik weer helemaal de oude."

Dus smeerden ze de gewrichten in de benen ook tot die weer los waren. Hij bleef Doortje en de Vogelverschrikker maar bedanken voor hun hulp en hij bleek een vriendelijke en

dankbare man te zijn.

"Ik had daar misschien wel voor altijd gestaan als jullie niet waren langsgekomen," zei hij. "Jullie hebben dus mijn leven gered. Wat doen jullie hier eigenlijk?"

"We zijn op weg naar de Smaragd Stad om de Grote Oz te spreken," zei Doortje, "en we stopten bij jouw hut om daar de nacht door te brengen."

"Waarom wil je Oz spreken?" vroeg hij.

"Ik wil vragen of hij mij kan helpen terug te keren naar Kansas en de Vogelverschrikker wil hem vragen om wat verstand voor in zijn hoofd," zei ze.

De man van blik leek even diep na te denken en zei toen:

"Denk je dat Oz mij een hart zou willen geven?"

"Ja, ik denk het wel," antwoordde Doortje. "Het zou net zo gemakkelijk moeten zijn als de Vogelverschrikker wat verstand geven."

"Dat is waar," zei de Blikken Man. "Als ik met jullie mee mag reizen, dan zal ik ook naar de Smaragd Stad gaan en Oz vragen om mij te helpen."

"Kom mee," zei de Vogelverschrikker hartelijk, en Doortje voegde eraan toe dat zij het gezelschap op prijs zou stellen. De Blikken Man legde de bijl op zijn schouders en samen liepen ze door het bos tot ze bij de weg met gele steentjes kwamen.

De Blikken Man had Doortje gevraagd zijn oliekannetje in haar mandje mee te brengen. "Voor het geval," zei hij, "dat het gaat regenen en ik weer vastroest, want dan heb ik het oliekannetje hard nodig."

Het was puur geluk dat hun nieuwe kameraad mee was gekomen, want al snel kwamen de reisgenoten op een plek waar de bomen zo dicht over het pad groeiden dat ze er niet meer door konden. Gelukkig kon de Blikken Man met zijn bijl de weg weer vrij hakken en konden ze allemaal verder gaan.

Doortje was zo diep in gedachten verzonken dat ze niet in de gaten had dat de Vogelverschrikker in een kuil stapte en helemaal naar de zijkant van de weg rolde. Hij moest haar zelfs roepen om hem weer overeind te helpen.

"Waarom liep je niet om het gat heen?" vroeg de Blikken Man.

"Ik weet niet genoeg," zei de Vogelverschrikker vrolijk. "Mijn hoofd zit vol met stro, weet je, daarom ga ik Oz vragen mij wat verstand te geven."

"O, dat begrijp ik" zei de Blikken Man. "Maar goed verstand is niet het beste in de wereld."

"Heb jij dan verstand?" informeerde de Vogelverschrikker.

"Nee, mijn hoofd is leeg," antwoordde de Blikken Man, "maar eens had ik verstand en een hart. Aangezien ik ervaring heb met alle twee, heb ik liever een hart."

"Waarom is dat?" vroeg de Vogelverschrikker.

"Ik zal je mijn verhaal vertellen en dan zul je het begrijpen."

En terwijl ze door het bos liepen vertelde de Blikken Man het volgende verhaal.

"Ik werd geboren als de zoon van een boswachter die de bomen in het bos omhakte en het hout verkocht om van te leven. Ik groeide op en werd ook houthakker en nadat mijn vader stierf verzorgde ik mijn oude moeder zolang als ze leefde. Daarna bedacht ik dat ik zou gaan trouwen om niet meer alleen te hoeven wonen, want dan hoefde ik niet eenzaam te zijn.

Een van de Knibbelingmeisjes was zo mooi dat ik al snel, met heel mijn hart, verliefd op haar werd. Op haar beurt beloofde zij mij dat ze met me zou trouwen als ik genoeg geld had verdiend om een groter huis voor haar te bouwen. Dus ik ging harder dan ooit aan het werk. Maar het meisje woonde bij een oude vrouw die niet wilde dat ze met iemand zou trouwen. De vrouw was zo lui dat ze wilde dat het meisje al het werk in huis bleef doen, van het koken tot het schoonmaken. Dus ging de oude vrouw naar de Boze Heks van het Oosten en beloofde haar twee schapen en een koe als zij de bruiloft zou voorkomen. Daarop betoverde de Boze Heks mijn bijl. En omdat ik het nieuwe huis en mijn aanstaande vrouw zo snel als mogelijk wilde verdienen, ging ik op een dag mijn beste hout hakken. Plots ontglipte mij de bijl spontaan en hakte mijn linkerbeen eraf.

In het begin leek me dat een groot gemis, want ik wist dat een man met één been geen goede houthakker kon zijn. Ik ging toen naar de smidse en vroeg de smid om een been van blik te maken. Het been werkte prima nadat ik er aan gewend was geraakt, maar mijn oplossing maakte de Boze Heks van het Oosten kwaad, want ze had de oude vrouw beloofd dat ik niet met het mooie Knibbelingmeisje zou trouwen. Toen ik weer met houthakken begon ontglipte de bijl mij opnieuw en hakte mijn rechterbeen eraf. Daarom ging ik opnieuw naar de smidse en wederom maakte de smid een blikken been voor mij. Hierna hakte de betoverde bijl mijn armen eraf, de een na de ander, maar niets ontmoedigde mij, en ik liet ze vervangen door blikken armen. De Boze Heks zorgde er toen voor dat de bijl mijn hoofd afhakte. Ik dacht dat dit mijn einde zou betekenen, maar de smid kwam langs en hij maakte een nieuw hoofd voor mij van blik.

Ik dacht dat ik de Boze Heks had verslagen en ik werkte nu harder dan ooit. Ik had me nooit erger kunnen vergissen dan in de gruweldaden die mijn vijand nog voor mij in petto had. Ze bedacht een nieuwe manier om mijn liefde voor de schone Knibbelingmaagd om zeep te helpen en zorgde dat de bijl weer wegglipte en mijn lichaam in twee helften hakte. Opnieuw kwam de smid voorbij en hij maakte een lichaam van blik voor mij en gewrichten, zodat mijn armen en benen aan het lichaam konden zitten en ik me weer kon bewegen zoals voorheen. Maar helaas! Ik had nu geen hart meer en zo verloor ik alle liefde voor het Knibbelingmeisje en het maakte mij niet uit of ik met haar getrouwd was of niet. Ik denk dat ze nog bij de oude vrouw woont en nog steeds op mij wacht, tot ik haar kom halen.

Mijn lichaam scheen zo fel in de zon dat ik me er erg trots op voelde en nu maakte het niet uit of de bijl wegglipte, hij kon me toch niet meer schaden. Het enige gevaar was dat mijn gewrichten zouden roesten, maar ik had altijd een kannetje met olie in mijn hut en ik dacht er altijd goed aan om mezelf op tijd met olie in te smeren. Helaas kwam er een dag waarop ik dat vergat en voor ik het goed en wel in de gaten had roestte ik vast door een verschrikkelijke regenstorm. En daar heb ik al die tijd gestaan, midden in het bos, tot dat jullie me te hulp schoten. Het was verschrikkelijk om een jaar lang zo te moeten staan, maar ik had tijd genoeg om te bedenken wat ik het meest miste, en dat is mijn hart. Toen ik verliefd was, toen was ik de gelukkigste man op aarde. Wie geen hart heeft kan niet liefhebben en daarom ben ik vastberaden om Oz te vragen me een hart te geven. Als ik een hart krijg, ga ik terug naar de Knibbelingmaagd en zal ik met haar trouwen."

Zowel Doortje als de Vogelverschrikker was geïnteresseerd en volgde het verhaal van de Blikken Man aandachtig. Nu begrepen ze waarom hij zo graag een nieuw hart wilde.

"Hoe dan ook," zei de Vogelverschrikker, "ik zal om verstand vragen, want een dwaas zou niet weten wat hij met een hart aan moest als hij er één had."

"Toch wil ik een hart," zei de Blikken Man. "Verstand maakt niemand gelukkig en geluk is het mooiste dat er in de wereld is."

Doortje zei niets, het was haar een raadsel wie van haar twee vrienden gelijk had. Ze besloot dat als ze alleen maar thuis kon komen bij tante Emma in Kansas, het niet zo veel uitmaakte of ze de Blikken Man achterliet zonder verstand en de Vogelverschrikker zonder hart, of dat elk van hen kreeg wat hij wilde.

Wat haar het meeste zorgen baarde was het brood in haar mandje, dat bijna op was; er zat nog slechts één maaltijd voor haar en Toto in en dan was het mandje leeg. De Blikken Man en de Vogelverschrikker aten niets, zij waren van blik en van stro gemaakt, maar Doortje was dat niet en zij moest eten om te overleven.

Hoofdstuk 6:

De Laffe Leeuw

l een hele poos liepen Doortje en haar metgezellen door de dichtbegroeide bossen. De gele steentjes vormden nog steeds de weg waar ze op liepen, maar het pad was bedekt met dorre bladeren en takken die van de bomen waren gevallen, en het lopen ging moeizaam.

Er waren nog maar weinig vogels in het bos, want die hielden van de open vlakten waar genoeg zonlicht was. Zo nu en dan klonk er een grommend geluid van een wild dier dat zich ergens tussen de bomen verborgen hield. De geluiden uit het bos deden Doortje haar hart sneller kloppen, ze had er namelijk geen idee van wie of wat de geluiden maakte. Toto wist het wel, dus was hij stil en bleef hij dicht bij haar lopen.

"Hoelang zal het nog duren," vroeg het meisje aan de Blikken Man, "voor we het bos uit zijn?"

"Dat weet ik niet," was het antwoord, "want ik ben nog nooit naar de Smaragd Stad geweest. Maar mijn vader ging er ooit heen, toen ik nog een kleine jongen was, en hij vertelde dat het een lange reis is die door gevaarlijk gebied leidt – maar dichter bij de stad, waar Oz verblijft, is het land prachtig. Maar ik ben niet bang zolang ik mijn oliekannetje heb. Bovendien kan niets de Vogelverschrikker pijn doen en zolang jij het teken van de kus van de Goede Heks draagt ben jij ook beschermd tegen gevaar."

"En Toto dan!" zei het meisje nerveus. "Wat beschermt hem?"

"We zullen hem zelf moeten beschermen als hij in gevaar is," antwoordde de Blikken Man.

Juist toen hij sprak kwam er een verschrikkelijke brul uit het bos en amper een moment later sprong er een grote leeuw op de weg. Met één klap van zijn poot vloog de Vogelverschrikker over de rand van de weg en toen haalde hij met zijn scherpe klauwen uit naar de Blikken Man. De Blikken Man viel op de grond en bleef stil liggen, maar tot verbazing van de leeuw kon hij geen kras aanbrengen op het blik.

De kleine Toto ging, nu hij een vijand kon zien, blaffend op de leeuw af en het grote beest opende zijn bek om het hondje te bijten. Doortje, die dacht dat Toto gedood zou worden, haastte zich naar voren en sloeg, zonder zich bewust te zijn van het gevaar, de leeuw zo hard ze kon op zijn neus en schreeuwde:

"Waag het niet Toto te bijten! Schaam jij je niet, zo'n groot beest als jij dat zo'n arm klein hondje bijt!"

"Ik beet hem niet," zei de Leeuw terwijl hij met zijn poot over de plek wreef waar Doortje hem op zijn neus had geraakt.

"Nee, maar je probeerde het wel," antwoordde Doortje. "Je bent niets meer dan een lafaard."

"Je hebt gelijk," zei de Leeuw en hij boog zijn hoofd uit schaamte, "en dat heb ik altijd al geweten. Maar hoe kan ik het helpen?"

"Ik denk niet dat ik dat weet," zei Doortje. "En dan te bedenken hoe je die arme Vogelverschrikker, een man gevuld met stro, omver sloeg!"

"Is hij gemaakt van stro?" vroeg de Leeuw verbaasd terwijl Doortje de Vogelverschrikker weer op de been hielp en hem weer in vorm bracht.

"Natuurlijk is hij gevuld met stro," antwoordde Doortje, die nog steeds kwaad was.

"Dat was de reden dat hij zo gemakkelijk omver ging," merkte de Leeuw op. "Het verbaasde me erg dat hij over het pad tolde. Is die andere ook gevuld met stro?"

"Nee," zei Doortje, "hij is gemaakt van blik." En ze hielp de Blikken Man weer overeind.

"Dat verklaart dan waarom mijn klauwen bijna stomp werden," zei de Leeuw. "Toen ze over het blik schraapten, liep er een koude rilling over mijn rug. Wat is dit kleine beestje dat je beschermde?"

"Hij is mijn hond, Toto," antwoordde Doortje.

"Is hij gemaakt van blik of stro?" vroeg de Leeuw.

"Geen van beide. Hij is een-een... euh ... een vleeshond," stamelde het meisje.

"O. Hij is een <u>curieus</u> beestje, en nu ik er zo naar kijk, lijkt hij opmerkelijk klein. Niemand zou er ook maar aan denken zo'n klein ding te bijten," zei de Leeuw. "Behalve een lafaard zoals ik," voegde hij er bedroefd aan toe.

"Waarom ben je een lafaard?" vroeg Doortje terwijl ze het dier, dat zo groot was als een klein paard, verwonderd aankeek.

"Het is me een raadsel," antwoordde de Leeuw. "Ik denk dat ik ermee geboren ben. Alle andere dieren in het bos verwachten natuurlijk dat ik dapper ben, want een leeuw wordt over het algemeen gezien als de Koning der Dieren. Ik leerde dat elk levend wezen mij uit angst uit de weg gaat wanneer ik heel erg hard brul. Wanneer ik een man tegenkwam was ik altijd vreselijk bang, maar zodra ik brulde gingen ze er allemaal stuk voor stuk vandoor. Als de olifanten of tijgers en beren geprobeerd zouden hebben met me te vechten, dan was ik zelf hard weggerend. Ik ben ook zo'n lafaard, maar zodra ze mij horen brullen gaan ze er allemaal vandoor en ik laat ze dan natuurlijk gaan."

"Zo hoort dat niet. De Koning der Dieren mag geen lafaard zijn," zei de Vogelverschrikker.

"Ik weet het," antwoordde de Leeuw terwijl hij een traan wegpinkte met het puntje van zijn staart. "Het is een groot verdriet voor mij en het maakt mij erg ongelukkig. Maar zodra er gevaar dreigt gaat mijn hart sneller kloppen."

"Misschien heb je wel een hartkwaal," zei de Blikken Man.

"Misschien wel," zei de Leeuw.

"Als dat zo is," ging de Blikken Man verder, "mag je van geluk spreken, want het bewijst dat je een hart hebt. Ikzelf heb geen hart en ik kan dus ook geen hartkwaal hebben."

"Misschien," zei de Leeuw bedachtzaam, "als ik geen hart zou hebben, dan was ik misschien niet zo'n lafaard."

"Heb je verstand?" vroeg de Vogelverschrikker.

"Ik neem aan van wel. Ik heb er nooit echt bij stilgestaan," antwoordde de Leeuw.

"Ik ga naar de Grote Oz om hem te vragen me wat verstand te geven," merkte de Vogelverschrikker op, "want mijn hoofd zit alleen maar vol met stro."

"En ik ga hem vragen mij een hart te geven," zei de Blikken Man.

"En ik ga hem vragen of hij Toto en mij kan helpen terug te keren naar Kansas," voegde Doortje eraan toe.

"Denk je dat Oz me moed zou kunnen geven?" vroeg de Leeuw.

"Net zo gemakkelijk als hij mij verstand kan geven," zei de Vogelverschrikker.

"Of mij een hart," zei

de Blikken Man.

"Of mij naar Kansas kan sturen," zei Doortje.

"Dan, als jullie het goed vinden, ga ik met jullie mee," zei de Leeuw, "want mijn leven is gewoonweg ondraaglijk zonder een beetje moed."

"Je bent van harte welkom," antwoordde Doortje, "want jij kan andere wilde beesten op afstand houden. Als je ze zo gemakkelijk de stuipen op het lijf kan jagen, lijkt het mij dat zij eerder bang zijn voor jou dan jij voor hen."

"Dat is waar," zei de Leeuw, "maar dat maakt mij niet moediger en zolang ik weet dat ik een lafaard ben zal ik ongelukkig zijn."

Opnieuw ging het kleine gezelschap op weg. De Leeuw liep met <u>imposante</u> <u>schreden</u> naast Doortje. Toto vond deze nieuwe kameraad eerst maar niks; hij was nog niet vergeten hoe hij bijna gebeten was door de grote kaken van de Leeuw. Na verloop van tijd begon Toto zich meer op zijn gemak te voelen en hij werd zelfs goede vriendjes met de Leeuw.

Gedurende de dag gebeurde er niets avontuurlijks dat de reis verstoorde. Behalve dan die ene keer dat de Blikken Man op een kevertje stapte dat over de weg kroop en het arme kleine beestje doodtrapte. Dit maakte de Blikken Man erg bedroefd. Hij was namelijk altijd heel voorzichtig, want hij wilde geen enkel levend wezen <u>krenken</u>, en tranen van spijt en verdriet biggelden over zijn gezicht. Toen de tranen over de kaakgewrichten begonnen te druipen, veroorzaakten ze daar roest. Toen Doortje hem een vraag stelde, kon de Blikken Man geen antwoord geven, want zijn mond was vastgeroest. De Blikken Man, die bang begon te worden, maakte vele gebaren naar Doortje om haar duidelijk te maken dat ze hem moest bevrijden, maar ze begreep hem niet. Voor de Leeuw was het ook een raadsel wat er aan de hand was. Maar de Vogelverschrikker pakte het oliekannetje uit het mandje van Doortje en druppelde wat olie op de kaakgewrichten van de Blikken Man en binnen een paar minuten kon hij weer even goed praten als voorheen.

"Hier heb ik van geleerd," zei hij, "dat ik beter moet kijken waar ik stap. Want wanneer ik weer op een kever stap, dan zal ik vast en zeker weer gaan huilen en van huilen ga ik roesten en dan kan ik niet meer praten."

Daarna liep hij heel voorzichtig, zijn ogen op de weg gericht, en wanneer hij ook maar de kleinste mier voorbij zag komen stapte hij eroverheen om te voorkomen dat hij hem zou krenken. De Blikken Man wist heel goed dat hij geen hart had en daarom lette hij goed op of hij niet wreed of onaardig deed.

"Jullie hebben allemaal een hart," zei hij, "om je te helpen en jullie hoeven nooit iets verkeerds te doen, maar ik heb geen hart en moet daarom heel voorzichtig zijn. Wanneer Oz me een hart gegeven heeft, dan hoef ik pas minder op te letten."

Hoofdstuk 7:

Onderweg naar

de Grote Oz

r waren geen huizen in de buurt, dus moesten de reizigers noodgedwongen kamperen onder een grote boom in het bos. De bomen sloten zich zo goed boven hen dat ze beschermd werden tegen de dauwdruppels. De Blikken Man hakte met zijn bijl een grote stapel hout bij elkaar en Doortje maakte er een groot vuur van dat haar warm hield en daardoor voelde ze zich niet zo alleen. Doortje en Toto aten het laatste brood en nu wist ze niet wat ze voor het ontbijt zou krijgen.

"Als je wilt," zei de Leeuw, "dan kan ik in het bos wel een hert voor je doden. Hoe vreemd het voor mij dan ook is, je kan hem boven het vuur roosteren, gegaard eten heeft tenslotte je voorkeur. Dat zal een goed ontbijt zijn."

"Nee! Alsjeblieft niet," smeekte de Blikken Man. "Ik zou weer moeten huilen als je een arm hert zou doden en dan verroesten mijn kaken weer."

Maar de Leeuw ging toch het bos in en vond zijn eigen maaltijd en niemand wist wat het was, want hij vertelde het niet. De Vogelverschrikker vond echter een boom vol met hazelnoten en vulde de mand van Doortje ermee, zodat ze voorlopig geen honger zou hebben. Doortje vond het heel aardig en verstandig van de Vogelverschrikker, maar ze moest hartelijk lachen om de manier waarop de arme man de noten raapte. De hazelnoten waren klein en door de onhandige manier waarop de Vogelverschrikker zijn handen vulde, vielen er net zo veel noten naast het mandje als erin. Maar de Vogelverschrikker vond het niet erg, het gaf hem de kans om bij het vuur vandaan te blijven. Hij was bang dat zijn stro vlam zou vatten, dus bleef hij uit de buurt van de vlammen en kwam hij alleen dichterbij om Doortje met bladeren te bedekken toen ze ging liggen om te slapen. Door de bladeren was ze beschut en warm en ze sliep tot de volgende morgen.

Toen het daglicht verscheen waste het meisje haar gezicht in een klein kabbelend beekje en kort daarop gingen ze allemaal weer op weg naar de Smaragd Stad.

Het zou voor de reizigers een veelbewogen dag worden. Nadat ze nauwelijks een uurtje hadden gelopen, zagen ze een kloof opdoemen die de weg doorkruiste en het bos in tweeën spleet, zo ver als het oog kon reiken. Het was een heel brede kloof en toen ze naar de rand kropen zagen ze dat hij ook heel diep was, met vele grote, scherpgetande en gekartelde rotspunten. De kanten waren te steil om langs omlaag te klimmen en het leek er even op dat hun reis ten einde was gekomen.

"Wat moeten we nu doen?" vroeg Doortje wanhopig.

"Ik heb werkelijk geen enkel idee," zei de Blikken Man en ook de Leeuw schudde zijn ruige manen en keek bedenkelijk. Maar de Vogelverschrikker zei:

"We kunnen niet vliegen, dat is zeker, en we kunnen ook niet door de kloof klimmen. Daarom moeten we stoppen waar we zijn, tenzij we eroverheen kunnen springen."

"Ik denk dat ik eroverheen kan springen," zei de Laffe Leeuw nadat hij de afstand zorgvuldig had ingeschat.

"Dan zijn we gered," antwoordde de Vogelverschrikker. "Je kan ons dan een voor een op je rug dragen en overzetten."

"Ik zal het proberen," zei de Leeuw. "Wie gaat er eerst?"

"Ik ga wel," verklaarde de Vogelverschrikker, "want als je onverhoopt toch de overkant niet kan halen dan zouden de rotspunten Doortje kunnen doden en de Blikken Man zou deuken op kunnen lopen. Maar met mij op je rug maakt het niet uit, want de rotspunten kunnen mij geen pijn doen."

"Ik ben zelf ontzettend bang om te vallen," zei de Laffe Leeuw, "maar ik denk dat er niets anders op zit dan het gewoon te proberen. Ga maar op mijn rug zitten, dan wagen we de sprong."

De Vogelverschrikker ging op de rug van de Leeuw zitten en het grote beest liep naar de rand en zakte door zijn hurken.

"Waarom neem je geen aanloop voor je sprong?" vroeg de Vogelverschrikker.

"Omdat het niet de manier is waarop wij leeuwen dit soort dingen doen," antwoordde de Leeuw. Hij zette zich met kracht af, schoot door de lucht en landde veilig aan de andere kant. Ze waren allemaal dolblij om te zien dat de Leeuw de sprong veilig gemaakt had en toen de Vogelverschrikker van zijn rug af was sprong hij weer over de kloof.

Doortje dacht dat zij wel als volgende kon gaan, dus klom ze, met Toto in haar armen, bij de Leeuw op zijn rug en hield met één hand zijn manen stevig vast. Het volgende moment leek het voor Doortje wel alsof ze door de lucht vloog, maar nog voor ze er goed en wel over na kon denken was ze al weer veilig geland aan de andere kant. De Leeuw maakte de sprong nog een keer om de Blikken Man te halen en toen die ook aan de overkant was, gingen ze even uitrusten om de Leeuw een kans te geven om bij te

komen van de grote sprongen. Hij hijgde als een grote hond die veel te lang had gerend.

Nadat de Leeuw was uitgerust volgden ze de weg met de gele steentjes weer. Het bos was aan deze kant veel dikker en het zag er akelig en duister uit; ze vroegen zich allemaal stilletjes af óf en wanneer ze het bos eindelijk zouden verlaten en wanneer ze weer in het heldere zonlicht zouden lopen. Ze kregen het nog benauwder toen ze vreemde geluiden uit de diepten van het bos hoorden komen en de Leeuw fluisterde hen toe dat de <u>Kalidah</u>s in dit gebied woonden.

"Wat zijn de Kalidahs?" vroeg het meisje.

"Het zijn monsterlijke beesten met lichamen als van een beer en hoofden als van een tijger," antwoordde de Leeuw, "met klauwen zo groot en scherp dat zij mij net zo gemakkelijk in tweeën kunnen rijten als ik Toto kan doden. Ik ben heel erg bang voor de Kalidahs."

"Dat verbaast mij niets," zei Doortje. "Het moeten wel verschrikkelijke beesten zijn."

De Leeuw was juist van plan iets te zeggen toen ze wederom een kloof zagen die hun de weg afsneed, maar dit ravijn was zo breed en zo diep dat de Leeuw meteen zag dat hij er niet overheen kon springen.

Ze gingen dus zitten nadenken over wat ze nu konden doen en nadat hij even ernstig had nagedacht zei de Vogelverschrikker:

"Kijk, hier staat een grote boom vlak bij het ravijn. Als de Blikken Man hem zo omhakt dat hij naar de overkant van het ravijn valt, dan kunnen we er allemaal gemakkelijk overheen lopen."

"Dat is een puik idee," zei de Leeuw. "Je zou bijna denken dat je verstand had in plaats van stro in je hoofd."

De Blikken Man ging meteen aan het werk en zijn bijl was zo scherp dat de boom binnen de kortste keren bijna helemaal was doorgehakt. Toen zette de Leeuw zijn sterke voorpoten tegen de stam en met al zijn kracht duwde hij tegen de boom aan. Langzaam ging de boom omver en viel over het ravijn, met de takken van de kruin bleef hij op de overkant liggen.

Ze waren nog maar net aan de overtocht over deze eigenaardige brug begonnen, toen ze werden opgeschrikt door een scherp gegrom en ze keken allemaal om. Tot hun gruwel zagen ze twee grote beesten met lichamen als van beren en hoofden als van tijgers.

"Het zijn de Kalidahs!" zei de Laffe Leeuw, die begon te trillen.

"Vlug!" schreeuwde de Vogelverschrikker. "We moeten oversteken."

Doortje ging eerst met Toto in haar armen, toen volgde de Blikken Man en daarna de Vogelverschrikker. De Leeuw bleef staan, ondanks dat hij vast verschrikkelijk bang was, en draaide zijn gezicht naar de Kalidahs toe en brulde zo hard en verschrikkelijk als hij kon. De Vogelverschrikker viel ervan achterover en Doortje schreeuwde het uit van angst, zelfs de woeste beesten stopten even en keken de Leeuw verbaasd aan.

Maar zij waren groter dan de Leeuw en zij waren met z'n tweeën en de Leeuw was maar alleen. Toen ze zich dat realiseerden stoven de Kalidahs weer naar voren, waarop de Leeuw over de boom rende naar de andere kant. Aan de overkant gekomen keerde hij zich om, om te zien wat de beesten zouden doen. Zonder ook maar even te stoppen begonnen de woeste beesten aan hun overtocht. De Leeuw zei tegen Doortje:

"We zijn er geweest, ze zullen ons in stukken rijten met hun scherpe klauwen. Maar blijf achter me, want ik zal ze bevechten zolang als ik leef."

"Wacht even!" riep de Vogelverschrikker. Hij had staan nadenken over wat het beste was om te doen. Hij vroeg de Blikken Man om deze kant van de boom door te hakken. De Blikken Man begon ogenblikkelijk zijn bijl te gebruiken en juist toen de twee Kalidahs bijna aan de overkant waren, viel de boom met de lelijke, snauwende, brute beesten met een donderend geraas in het ravijn en de beesten stortten te pletter op de scherpe rotspunten.

De Leeuw slaakte een diepe zucht van opluchting. "Ik zie dat we nog wat langer te leven hebben en ik ben er blij om, want het moet wel een ongemak zijn om niet meer te leven. Ik was zo bang van die beesten dat mijn hart nog steeds in mijn keel klopt."

"Ach," verzuchtte de Blikken Man, "ik wou dat ik een hart had dat kon kloppen."

Dit avontuur zorgde ervoor dat de reizigers vastbslotener dan ooit waren om zo snel mogelijk het bos uit te komen en ze liepen dan ook stevig door. Ze liepen zo snel dat Doortje moe werd en op de rug van de Leeuw moest zitten om nog vooruit te komen. Tot hun grote vreugde werd het bos dunner naarmate ze verder liepen en tegen de middag kwamen ze plotseling bij een brede rivier, die snel voor hen langs stroomde. Aan de overkant zagen ze de weg met de gele steentjes door een prachtige groene weide met schitterende bloemen lopen en langs de weg stonden bomen met heerlijk fruit. Ze waren verrukt toen ze het prachtige landschap dat voor hen lag zagen.

"Hoe kunnen we over de rivier komen?" vroeg Doortje.

"Dat is gemakkelijk," antwoordde de Vogelverschrikker. "De Blikken Man zal een vlot moeten bouwen, zodat we naar de overkant kunnen drijven."

De Blikken Man pakte zijn bijl en ging ogenblikkelijk aan het werk. Terwijl de Blikken Man bezig was om van kleine bomen een vlot te bouwen, vond de Vogelverschrikker aan de oever van de rivier een boom vol met heerlijk fruit. Doortje was blij, want ze had die dag nog niets anders gegeten dan hazelnoten en ze maakte een heerlijk maal van het rijpe fruit.

Het kost tijd om een vlot te maken, zelfs als iemand zo <u>ijverig</u> en <u>nijverig</u> is als de Blikken Man, en toen de avond viel was het werk nog niet klaar. Ze zochten naar een knus plekje onder de bomen, waar ze sliepen tot de volgende morgen. Doortje droomde over de Smaragd Stad en over Oz, de Goede Tovenaar, die haar snel weer thuis zou brengen.

Hoofdstuk 8:

Het Dodelijke Papaverveld

oen onze reizigers de volgende morgen fris en fruitig wakker werden, waren ze goedgemutst. Doortje genoot als een prinses van een heerlijk ontbijt van perziken en pruimen, die aan de bomen langs de rivier groeiden. Achter hen lag het duistere bos waar ze veilig doorgekomen waren, ondanks de vele ontmoedigende momenten die ze hadden meegemaakt. Voor de reisgenoten strekte zich een prachtig zonovergoten landschap uit, dat hen graag naar de Smaragd Stad leek te willen leiden.

Maar helaas sneed de rivier hen van dit prachtige land af. Gelukkig was het vlot bijna klaar. De Blikken Man hakte nog wat blokken hout en zette ze vast met houten pinnen en toen waren ze klaar om de rivier over te steken. Doortje ging met Toto in haar armen op het midden van het vlot zitten. Toen de Laffe Leeuw op het vlot stapte, kantelde het bijna om, want de Leeuw was groot en zwaar, maar de Vogelverschrikker en de Blikken Man stonden op de andere kant om het vlot stabiel te houden. De Vogelverschrikker en de Blikken Man hadden lange stokken in hun handen om het vlot mee door het water te duwen.

In het begin ging het best goed, maar toen bereikten ze het midden van de rivier, waar de sterke stroming het vlot meenam de rivier op, steeds verder en verder verwijderd van de weg met de gele steentjes. Het water werd zo diep dat de lange palen de bodem niet meer konden bereiken.

"Dit gaat niet goed," zei de Blikken Man. "Als we niet aan land kunnen komen worden we meegesleurd naar het land van de Boze Heks van het Westen en zij zal ons betoveren en tot haar slaven maken."

"Maar dan krijg ik nooit verstand," zei de Vogelverschrikker.

"En ik zal geen moed krijgen," zei de Laffe Leeuw.

"En ik zal geen hart krijgen," zei de Blikken Man.

"En ik zal nooit meer thuiskomen," zei Doortje.

"We moeten zeker naar de Smaragd Stad gaan als we kunnen," vervolgde de Vogelverschrikker, en hij duwde zo hard met de paal in de modderige bodem van de rivier dat deze bleef steken en nog voordat hij de paal uit de modder kon trekken of kon loslaten, was het vlot al verder gedreven. De Vogelverschrikker klampte zich stevig vast aan de paal, die nu midden in de rivier stond.

"Vaarwel!" riep hij hun na en zij vonden het heel spijtig dat ze hem moesten achterlaten. De Blikken Man begon zelfs weer te huilen, maar gelukkig herinnerde hij zich dat hij zou kunnen roesten en droogde zijn tranen aan Doortje haar schort.

Natuurlijk was dit een drama voor de Vogelverschrikker.

"Ik ben nu slechter af dan toen ik Doortje ontmoette," dacht hij. "Toen zat ik vast aan een paal in het maïsveld en kon ik nog doen alsof ik wat vogels kon verschrikken, maar wat voor nut heeft een Vogelverschrikker op een paal midden in een rivier? Ik ben bang dat ik toch nooit verstand zal krijgen!"

De rivier sleurde het vlot steeds verder mee, stroomafwaarts, ze lieten de Vogelverschrikker ver achter zich. Toen zei de Leeuw:

"Er moet iets gedaan worden om ons te redden. Ik denk dat ik wel naar de kant kan zwemmen en het vlot achter me aan kan trekken, maar dan moet wel iemand mijn staart vasthouden."

Zo gezegd, zo gedaan en de Leeuw sprong in het water en de Blikken Man hield zijn staart stevig vast. Toen begon de Leeuw uit alle macht richting de kant te zwemmen. De Leeuw was groot, maar het was een zware klus. Langzaamaan kwamen ze uit de stroming en Doortje nam de lange stok van de Blikken Man en hielp het vlot richting de oever te duwen.

Ze waren alle drie bekaf toen ze eindelijk op het mooie groene gras stapten en ze wisten dat ze ver verwijderd waren van de weg met de gele

steentjes, de weg die naar de Smaragd Stad voerde.

"Wat doen we nu?" vroeg de Blikken Man terwijl de Leeuw op het gras lag te drogen in de zon.

"Op de een of andere manier moeten we terug zien te komen op de weg met de gele steentjes," zei Doortje.

"We kunnen dan het beste langs de oever van de rivier teruglopen tot we de weg bereiken," merkte de Leeuw op.

Toen ze uitgerust waren pakte Doortje haar mandje op en ze liepen langs de met gras begroeide oever terug naar het punt vanwaar de rivier hen had meegesleurd. Het was werkelijk een prachtig landschap met vele bloemen en fruitbomen en er was genoeg zonneschijn om hen weer op te vrolijken. Als ze zich niet zo rot hadden gevoeld vanwege de Vogelverschrikker hadden ze zelfs heel blij kunnen zijn.

Ze liepen zo snel als ze konden. Doortje stopte slechts één keer om een mooie bloem te plukken en na een tijdje riep de Blikken Man uit:

"Kijk!"

Toen ze naar de rivier keken zagen ze de Vogelverschrikker aan de paal geklemd in het midden van de rivier. Hij zag er eenzaam en verdrietig uit.

"Hoe kunnen we hem redden?" vroeg Doortje.

De Leeuw en de Blikken Man schudden hun hoofden, zij wisten het niet. Ze gingen op de oever zitten en staarden droevig naar de Vogelverschrikker, tot er een ooievaar voorbijvloog die vlak bij hen, aan de waterkant, neerstreek om te rusten.

"Wie zijn jullie en waar gaan jullie naartoe?" vroeg de Ooievaar.

"Ik ben Doortje en dit zijn mijn vrienden de Blikken Man en de Laffe Leeuw," zei het meisje, "en we zijn op weg naar de Smaragd Stad."

"Dit is niet de juiste weg," zei de Ooievaar en ze draaide haar nek zodat ze het groepje aandachtig kon aankijken.

"Dat weet ik," antwoordde Doortje, "maar we zijn de Vogelverschrikker kwijtgeraakt en we vragen ons af hoe we hem weer terug kunnen krijgen."

"Waar is hij?" vroeg de Ooievaar.

"Daar, in de rivier," antwoordde het meisje.

"Als hij niet zo groot en zwaar was, had ik hem voor jullie kunnen halen," merkte de Ooievaar op.

"Hij is helemaal niet zwaar," zei Doortje opgewonden, "hij is gemaakt van stro en als je hem hier kan brengen zullen we je voor nu en altijd heel dankbaar zijn."

"Vooruit dan maar," zei de Ooievaar. "Ik zal het proberen, maar als hij te zwaar is zal ik hem in de rivier moeten laten vallen."

De grote vogel vloog door de lucht en over het water tot ze bij de paal kwam waar de Vogelverschrikker zich aan vastklampte. De Ooievaar greep met haar grote klauwen de Vogelverschrikker bij zijn arm en droeg hem door de lucht naar de oever van de rivier, waar Doortje, de Leeuw, de Blikken Man en Toto zaten te wachten.

De Vogelverschrikker omhelsde al zijn vrienden, zelfs de Leeuw en Toto, omdat hij zo blij was dat hij weer bij zijn vrienden was en terwijl ze liepen zong hij bij elke stap "Dol-de-ri-dé-oo!" en hij voelde zich zo vrolijk.

"Ik was bang dat ik voor altijd in de rivier zou moeten blijven," zei hij, "maar het was heel vriendelijk van de Ooievaar om me te redden, en als ik ooit verstand krijg zal ik haar weer opzoeken en iets aardigs voor haar doen."

"Het is al goed," zei de Ooievaar, die was meegevlogen. "Ik help graag iemand in nood. Maar ik moet nu gaan, want mijn kinderen wachten op mij in het nest. Ik hoop dat je de Smaragd Stad zal vinden en dat Oz je wil helpen."

"Dank u wel," antwoordde Doortje en de vriendelijke vogel vloog de lucht in en was snel uit het zicht verdwenen.

Ze liepen verder terwijl ze naar het zingen van de felgekleurde vogels luisterden en ze keken naar de liefelijke bloemen die zó dicht op elkaar groeiden dat ze de grond bedekten als een tapijt. Er stonden grote gele, witte, blauwe en paarse bloemen tussen de grote groepen scharlakenrode papavers, die zo felgekleurd waren dat Doortje er bijna door werd verblind.

"Zijn ze niet mooi?" vroeg het meisje terwijl ze de kruidige geur van de bloemen opsnoof.

"Dat denk ik," antwoordde de Vogelverschrikker. "Wanneer ik verstand heb, zal ik ze denk ik beter waarderen."

"Als ik een hart had, zou ik ze liefhebben," voegde de Blikken Man eraan toe.

"Ik heb altijd al van bloemen gehouden," zei de Leeuw, "ze lijken zo hulpeloos en broos. In het bos zijn de bloemen niet zo felgekleurd als deze."

Ze kwamen nu dichter bij de grote scharlakenrode papavers en ze zagen steeds minder en minder van de andere bloemen. Het duurde niet lang voordat ze midden in een groot veld met papaver stonden. Het is een welbekend feit dat wanneer veel van deze bloemen bij elkaar staan, ze een geur produceren die zo sterk is dat iemand in slaap kan vallen door de geur alleen maar in te ademen. Wanneer de slaper niet wordt weggedragen van de bloemen, kan hij (*of zij*) voor altijd blijven slapen. Doortje wist dit niet en ze kon ook niet weg komen van de felrode bloemen die overal om haar heen stonden. Haar ogen werden zwaar en ze moest echt even gaan zitten om te rusten en te slapen.

De Blikken Man kon dit niet laten gebeuren.

"We moeten haast maken en teruggaan naar de weg met de gele steentjes voor dat het donker wordt," zei hij, en de Vogelverschrikker was het met hem eens. Samen liepen ze verder, totdat Doortje niet meer kon staan. Ze kon haar ogen, ondanks haar doorzettingsvermogen, niet langer openhouden en ze vergat waar ze was. Ze viel tussen de papavers en zakte weg in een diepe slaap.

"Wat moeten we doen?" vroeg de Blikken Man.

"Als we haar laten liggen gaat ze dood," zei de Leeuw. "De geur van de bloemen doodt ons allemaal. Ik kan zelf amper mijn ogen openhouden en de hond slaapt ook al."

Het was waar, want Toto was naast Doortje in slaap gevallen. De Vogelverschrikker en de Blikken Man waren niet van vlees en bloed en hadden geen last van de geur van de bloemen.

"Ren zo snel je kan," zei de Vogelverschrikker tegen de Leeuw. "Zorg dat je zo snel mogelijk uit het dodelijke bloemenbed komt. Wij zullen het meisje meebrengen, maar als jij in slaap valt ben je te groot om te dragen."

De Leeuw pepte zichzelf op en ging er als een speer vandoor. Binnen de kortste keren was hij uit het zicht verdwenen.

"Laten we onze handen samenvouwen zodat ze een stoeltje vormen en dan dragen we haar weg," zei de Vogelverschrikker. Ze pakten Toto op en zetten hem op de schoot van het meisje en ze maakten een zitting van hun handen en leuningen van hun armen en zo droegen zij de slapende Doortje tussen de bloemen door.

Ze liepen maar door en door en het leek alsof er geen einde aan het tapijt van de dodelijke bloemen zou komen. Ze volgden de bocht in de rivier en stuitten op hun vriend de Leeuw, die lag te slapen tussen de papavers. De bloemen waren te sterk voor hem en het grote beest had het uiteindelijk op moeten geven; hij was bezweken aan het einde van het papaverveld, vlak voor waar zich het frisse gras in prachtige groene velden uitstrekte.

"We kunnen niets voor hem doen," zei de Blikken Man bedroefd. "Hij is veel te zwaar om te tillen. Ik ben bang dat we hem hier achter moeten laten om voor altijd te slapen en misschien droomt hij dan wel dat hij eindelijk zijn moed heeft gevonden."

"Het spijt me," zei de Vogelverschrikker, "de Leeuw was een goede kameraad voor iemand die zo laf is. Maar laten wij verdergaan."

Ze droegen het slapende meisje naar een mooie plek langs de rivier, ver genoeg van het papaverveld om te voorkomen dat ze nog meer van de giftige lucht zou inademen. Ze legden haar voorzichtig in het gras en wachtten tot de frisse wind haar zou wekken.

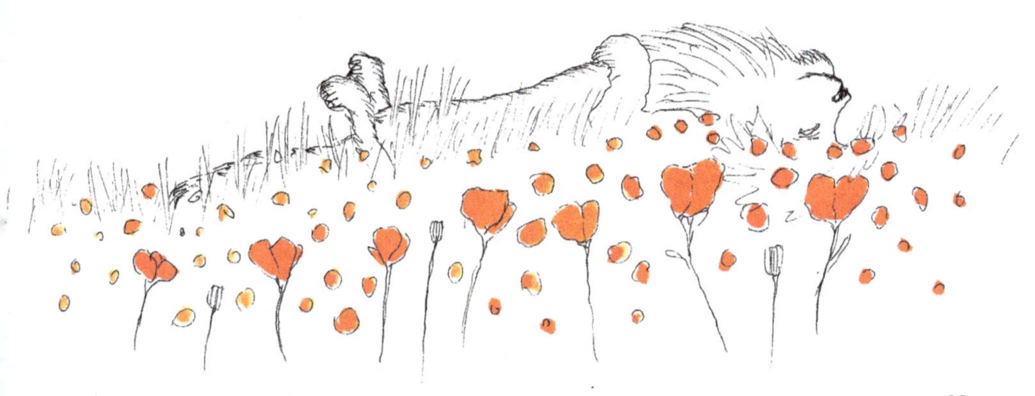

Hoofdstuk 9:

De Veldmuizenkoningin

e zijn niet ver van de weg met de gele steentjes," merkte de Vogelverschrikker op, die vlak bij het meisje stond, "want we zijn bijna net zo ver teruggelopen als de rivier ons had meegesleurd."

De Blikken Man wilde net iets gaan zeggen toen hij een laag gegrom hoorde en toen hij zijn hoofd omdraaide (wat gemakkelijk ging door de blikken gewrichten) zag hij een vreemd beest over het gras naar hen toe komen. Het was een grote, gele <u>wilde kat</u>. De Blikken Man dacht dat het dier ergens achteraan zat, omdat zijn oren dicht tegen zijn hoofd lagen gedrukt en zijn mond wagenwijd open was, waardoor twee rijen lelijke tanden zichtbaar werden, en de rode ogen gloeiden als ballen van vuur. Toen het beest dichterbij kwam, zag de Blikken Man dat een kleine grijze veldmuis voor hem op de vlucht was en al had hij zelf geen hart, hij wist dat het verkeerd was van de wilde kat om zo'n schattig en weerloos beestje te doden.

Daarom hief de Blikken Man zijn bijl in de lucht en toen de wilde kat voorbij kwam rennen sloeg hij met één snelle beweging het hoofd van het beest en de twee delen rolden tot aan zijn voeten.

De veldmuis, die nu bevrijd was van een geduchte vijand, stopte abrupt en liep voorzichtig naar de Blikken Man en zei met een kleine schrille piepstem:

"O, dank u! Heel erg bedankt dat u mijn leven heeft gered."

"Laat maar, het is al goed zo," antwoordde de Blikken Man. "Ik heb geen hart, weet u, dus probeer ik iedereen die een vriend nodig heeft te helpen, zelfs al is het dan een kleine muis."

"Een kleine muis!" riep het kleine diertje verontwaardigd. "Hoezo, ik ben een Koningin, de Koningin van al de <u>Veldmuizen</u>!"

"O, pardon," zei de Blikken Man en hij maakte een buiging.

"U heeft zowel een goede daad als een dappere daad verricht door mij het leven te redden," voegde de Koningin eraan toe.

Op dat moment kwamen er uit alle richtingen muizen aangerend zo snel als hun kleine pootjes hen konden dragen. Toen ze hun Koningin zagen zeiden ze:

"O, Uwe Majesteit, we dachten dat u gedood was! Hoe bent aan de grote wilde kat ontsnapt?" Daarna maakten ze een buiging die zo diep was dat het leek alsof ze op hun hoofdjes stonden.

"Deze vreemde conservenman," antwoordde ze, "doodde de wilde kat en redde mijn leven. Van nu af aan moeten jullie zelfs zijn kleinste wens opvolgen."

"Jazeker," riepen de muizen allemaal tegelijk met hun schrille stemmetjes. De muizen vlogen daarna in alle richtingen uiteen, want Toto was wakker geworden en toen hij de muizen zag blafte hij en sprong hij midden in de groep. Toto hield ervan om muizen achterna te zitten toen hij nog in Kansas woonde en zag er dus geen kwaad in.

Maar de Blikken Man ving de hond en hield hem in zijn armen terwijl hij tegen de muizen riep: "Kom terug, kom terug! Toto zal jullie geen pijn doen."

Hierop stak de Koningin van de Muizen haar hoofd boven een graspol uit en vroeg met haar timide stem:

"Weet je zeker dat hij ons niet zal bijten?"

"Ik geef hem er de kans niet toe," zei de Blikken Man. "Wees maar niet bang."

Een voor een kropen de muizen weer tevoorschijn en Toto blafte niet meer, al probeerde hij wel uit de greep van de Blikken Man te komen en hij zou hem gebeten hebben als hij niet had geweten dat de armen van blik waren gemaakt. Uiteindelijk sprak een van de grotere muizen.

"Is er iets wat we kunnen doen," vroeg de muis, "om u te bedanken voor het redden van onze Koningin?"

"Niet dat ik weet," antwoordde de Blikken Man, maar de Vogelverschrikker, die had geprobeerd om na te denken, wat niet wilde lukken omdat zijn hoofd vol zat met stro, zei snel:

"O jawel, je kan onze vriend, de Laffe Leeuw, die in het papaverveld slaapt, redden."

"Een leeuw!" riep de kleine Koningin. "Maar hij zou ons allemaal opeten."

"Nee hoor," verklaarde de Vogelverschrikker, "deze Leeuw is een lafaard."

"Echt waar?" vroeg de Muis.

"Hij zegt het zelf," antwoordde de Vogelverschrikker, "en hij zou een vriend van ons nooit kwaad doen. Als jullie ons helpen hem te redden, beloof ik dat hij jullie vriendelijk zal behandelen."

"Goed dan," zei de Koningin, "we zullen je vertrouwen. Maar wat kunnen we doen?"

"Zijn er veel muizen die u Koningin noemen en u dienen?"

"O ja, er zijn er wel duizenden," antwoordde ze.

"Ontbied hen dan zo snel mogelijk en laat ze allemaal een stuk draad meebrengen."

De Koningin keerde zich naar haar dienstmuizen en gaf hun de opdracht om het hele volk bijeen te brengen. Toen de muizen haar orders hoorden, gingen ze er zo snel als hun pootjes hen konden dragen in alle richtingen vandoor.

"Nu," zei de Vogelverschrikker tegen de Blikken Man, "moet jij naar de bomen langs de oever van de rivier gaan en een kar maken die de Leeuw kan dragen."

De Blikken Man liep naar de bomen en ging meteen aan het werk. Al snel had hij een kar gemaakt van dikke takken waar hij de zijscheuten en bladeren vanaf had gehakt. Hij timmerde het geheel aan elkaar met houten pinnen en hij had vier wielen gemaakt door van een grote boomstam plakjes te hakken. Hij had zo goed en zo snel doorgewerkt dat de kar zo goed als klaar was tegen de tijd dat de muizen terugkwamen.

Ze kwamen van alle kanten, duizenden muizen: grote muizen, kleine muizen en middelgrote muizen, en elk bracht een stukje draad mee in de mond. Het was rond deze tijd dat Doortje wakker werd uit haar lange slaap en haar ogen opende. Ze was hoogst verbaasd toen ze merkte dat ze op het gras lag en dat er duizenden muizen om haar heen stonden die haar verlegen aankeken. Maar de Vogelverschrikker vertelde haar alles, en terwijl hij naar de waardige, kleine muis keek, zei hij:

"Sta mij toe Hare Majesteit de Koningin aan je voor te stellen."

Doortje knikte ernstig en de Koningin maakte een klein buiginkje en daarna konden zij en het meisje goed met elkaar overweg.

De Vogelverschrikker en de Blikken Man begonnen nu de muizen aan de kar te binden met de stukjes draad die de muizen hadden mee gebracht. Het ene uiteinde van de draad werd om de nek van een muis gebonden en het andere uiteinde aan de kar. Natuurlijk was de kar duizendmaal groter dan welke muis dan ook die de kar moest trekken, maar toen alle muizen vast waren gebonden trokken ze de kar met gemak. Zelfs toen de Vogelverschrikker en de Blikken Man op de kar zaten, trokken de kleine werkpaarden de kar gemakkelijk naar de plek waar de Leeuw lag te slapen.

Met flink wat hard werk kregen ze de zware Leeuw uiteindelijk op de kar. Toen gaf de Koningin haar volk snel het bevel om te vertrekken, want ze was bang dat als ze te lang tussen de papavers zouden blijven, zij ook in slaap zouden vallen.

De kleine beestjes kregen, ondanks hun grote aantal, nauwelijks beweging in de zwaarbeladen kar, pas toen de Blikken Man en de Vogelverschrikker meeduwden ging het beter. Al snel rolde de Leeuw uit het papaverveld de groene velden op, waar hij de zoete, frisse lucht weer kon inademen in plaats van de giftige geur van de papaverbloemen.

Doortje ging naar de muizen toe en bedankte ze hartelijk voor het redden van het leven van haar metgezel. Ze was zo gehecht geraakt aan de grote Leeuw dat ze blij was dat hij was gered.

Daarna werden de muizen bevrijd uit hun tuigjes en stoven ze door het gras naar hun huisjes. De Koningin van de Muizen was de laatste die wegging.

"Als je ons ooit weer nodig hebt," zei ze, "ga dan in het veld staan en roep ons, we zullen je horen en we komen je helpen. Vaarwel!"

"Vaarwel!" antwoordden ze allemaal, en de Koningin rende weg, terwijl Doortje Toto stevig in haar armen hield zodat hij haar niet kon opjagen.

Daarna gingen ze bij de Leeuw zitten wachten tot hij wakker zou worden. Doortje at ondertussen een maaltijd van fruit dat de Vogelverschrikker voor haar had geplukt uit een boom die vlakbij stond.

Hoofdstuk 10:

De Bewaker van de Poort

et duurde een eeuwigheid voor de Laffe Leeuw wakker werd. Hij had behoorlijk lang tussen de papavers gelegen en hun dodelijk geur ingeademd, maar toen hij zijn ogen opendeed en van de kar rolde was hij blij dat hij nog in leven was.

"Ik rende zo snel als ik kon," zei hij terwijl hij ging zitten en hardgrondig gaapte, "maar de bloemen waren te sterk voor me. Hoe hebben jullie me eruit gekregen?"

Toen vertelden ze hem van de veldmuizen en hoe ze hem grootmoedig van een wisse dood hadden gered. De Laffe Leeuw lachte en zei:

"Ik dacht altijd dat ik groot en verschrikkelijk was, maar toch konden zulke kleine dingen als bloemen mij bijna doden en zoiets kleins als een muis redde mijn leven. Wat kan het soms vreemd verkeren! Maar, kameraden, wat doen we nu?"

"We moeten verdergaan en de weg met de gele steentjes zoeken," zei Doortje, "en dan gaan we door tot we de Smaragd Stad hebben bereikt."

Dus toen de Leeuw zich weer helemaal de oude voelde en volledig was opgefrist, gingen de vrienden weer op pad en ze liepen met groot genoegen door het zachte, frisse gras. Het duurde niet lang voor ze de weg met de gele steentjes weer hadden gevonden en hun reis naar de Smaragd Stad, waar de Grote Oz woonde, weer konden vervolgen.

De weg was nu effen en goed bestraat en het landschap om hen heen was prachtig, dus de reizigers waren blij dat ze het bos met z'n vele duistere schaduwen en gevaren ver achter zich konden laten.

Eens te meer zagen ze hekken langs de weg staan, maar deze waren groen geschilderd. Toen ze bij een klein huis kwamen, waar duidelijk een boer in woonde, was ook dat groen geschilderd. In de middag liepen ze langs verschillende van zulk soort huizen en af en toe kwamen er mensen naar de deuren en keken ze hen aan alsof ze hun wat wilden vragen, maar niemand durfde naar hen toe te komen of hen aan te spreken vanwege de grote Leeuw, voor wie ze allemaal bang waren. De mensen waren gekleed in smaragdgroene kleding en droegen hoeden met punten, net als de Knibbelingen.

"Dit moet het Land van Oz zijn," zei Doortje, "en we komen vast al dicht bij de Smaragd Stad."

"Ja," antwoordde de Vogelverschrikker, "alles is hier groen, terwijl in het Land van de Knibbelingen blauw de favoriete kleur was. Maar de mensen lijken me niet zo vriendelijk als de Knibbelingen en ik ben bang dat we geen plek zullen vinden om de nacht door te brengen."

"Ik zou wel wat anders te eten lusten dan fruit," zei het meisje, "en ik ben ervan overtuigd dat Toto bijna is uitgehongerd. Laten we stoppen bij het volgende huis en met de bewoners praten."

Toen ze aankwamen bij een flinke woonboerderij liep Doortje stoutmoedig naar de deur en klopte aan. Een vrouw opende de deur net ver genoeg om door de kier te kunnen kijken en ze zei:

"Wat wil je, kind, en waarom is die grote Leeuw bij je?"

"We willen graag de nacht bij u doorbrengen, als u ons toestaat," antwoordde Doortje. "De Leeuw is mijn vriend en kameraad, en hij doet geen vlieg kwaad."

"Is hij tam?" vroeg de vrouw, die de deur wat verder opendeed.

"O, ja," zei het meisje, "en hij is ook nog eens een grote bangerik, dus hij zal wel banger voor u zijn dan u voor hem."

"Nou," zei de vrouw toen ze er even over had nagedacht en nog even naar de Leeuw had gegluurd, "in dat geval, vooruit dan maar. Kom maar binnen, dan geef ik jullie een maaltijd en een slaapplaats."

Ze gingen allemaal het huis binnen en daar waren, behalve de vrouw, ook twee kinderen en een man. De man had zich aan zijn been bezeerd en lag op de bank in een hoek. Ze leken hoogst verbaasd te zijn toen ze zo'n vreemd gezelschap zagen, en terwijl de vrouw de tafel dekte vroeg de man:

"Waar gaan jullie allemaal naartoe?"

"Naar de Smaragd Stad," zei Doortje, "om de Grote Oz te spreken."

"Je meent het!" zei de man. "Ben je er zeker van dat Oz je wel wil spreken?"

"Waarom niet?" antwoordde ze.

"Er wordt gezegd dat hij nooit iemand bij zich laat. Ik heb de Smaragd Stad vaak bezocht en die is mooi en wonderlijk, maar mij werd nog nooit toegestaan om de Grote Oz te bezoeken, noch ken ik een levende persoon die hem te zien kreeg."

"Gaat hij dan nooit naar buiten?" vroeg de Vogelverschrikker.

"Nooit. Hij verblijft dag aan dag in de grote Troonzaal van zijn paleis, en zelfs zij die hem bedienen krijgen zijn gezicht niet te zien."

"Hoe ziet hij eruit?" vroeg het meisje.

"Dat is lastig te zeggen," zei de man bedenkelijk. "Je moet weten, Oz is een grote Tovenaar en hij kan elke vorm aannemen die hij wil. Zo zeggen sommigen dat hij op een vogel lijkt, en anderen zeggen dat hij op een olifant lijkt en weer anderen zeggen dat hij op een kat lijkt. Aan anderen verschijnt hij als een wonderschone fee, of als een kabouter, of in welke vorm hij maar wenst. Maar wie de echte Oz is, en hoe hij eruitziet als hij zijn eigen vorm heeft, dat weet niemand."

"Dat is erg vreemd," zei Doortje, "maar we moeten proberen hem te zien te krijgen, anders zijn we helemaal voor niets hiernaartoe gereisd."

"Waarom willen jullie de verschrikkelijke Oz spreken?" vroeg de man.

"Ik wil dat hij me verstand geeft," zei de Vogelverschrikker enthousiast.

"O, Oz zou dat gemakkelijk kunnen doen," verklaarde de man. "Hij heeft meer verstand dan hij nodig heeft."

"En ik wil dat hij mij een hart geeft," zei de Blikken Man.

"Dat zal geen probleem zijn," ging de man verder, "want Oz heeft een grote collectie harten, in alle vormen en maten."

"En ik wil dat hij me moed geeft," zei de Laffe Leeuw.

"Oz heeft een grote pot met moed in zijn Troonzaal staan," zei de man, "met daarop een gouden plaat om te voorkomen dat hij overloopt. Hij zal er graag wat van aan jou willen geven."

"En ik wil dat hij me helpt terug te keren naar Kansas," zei Doortje.

"Waar is Kansas?" vroeg de man verbaasd.

"Dat weet ik niet," antwoordde Doortje bedroefd, "maar het is mijn thuis en ik ben er zeker van dat het ergens is."

"Zeer waarschijnlijk wel. Oz kan alles doen, dus denk ik dat hij Kansas ook wel voor je kan vinden. Maar eerst zal je hem te zien moeten krijgen, en dat kan weleens lastig zijn, want de grote Tovenaar wil niemand zien en meestal krijgt hij zijn zin. Maar wat wil jij?" zei hij tegen Toto. Toto kwispelde alleen met zijn staart, want vreemd genoeg kon hij niet praten.

De vrouw riep dat het eten klaar was, en ze verzamelden zich rond de tafel. Doortje genoot van de maaltijd en at van de heerlijke brij en van de schaal met roerei en een plankje met wit brood. De Leeuw at een beetje van de brij, maar hij vond het maar niets. Hij zei dat de brij was gemaakt van haver en haver was voer voor paarden, niet voor leeuwen. De Vogelverschrikker en de Blikken Man aten helemaal niets. Toto at een beetje van alles en was blij om weer eens een goede maaltijd te krijgen.

Daarna bracht de vrouw Doortje naar een bed om in te slapen en Toto ging naast haar liggen. De Leeuw bewaakte de deur van haar kamer, zodat ze niet gestoord kon worden. De Vogelverschrikker en de Blikken Man stonden in een hoekje en waren heel de nacht stil, maar slapen konden ze natuurlijk niet.

De volgende morgen, zodra de zon op was, vervolgden ze hun reis en al snel zagen ze een prachtige groene gloed in de lucht voor zich.

"Dat moet wel de Smaragd Stad zijn," zei Doortje.

Terwijl ze verderliepen werd de groene gloed helderder en helderder en het leek erop dat hun lange reis ten einde kwam. Het was echter al middag toen ze bij de grote muur kwamen die de Stad omringde. De muur was hoog en dik en had een heldergroene kleur.

Voor hen, aan het einde van de weg met de gele steentjes, was een grote poort die helemaal bezet was met smaragden die in de zon zo erg glinsterden dat zelfs de geschilderde ogen van de Vogelverschrikker duizelden door de schittering van de stenen.

Er was een bel naast de poort. Doortje trok aan de knop en ze hoorde een zilverzacht tinkelend geluid van binnen komen. Toen zwaaide de grote poort langzaam open en ze gingen allemaal naar binnen. Ze stonden toen in een kamer met een hoog gewelf; de wanden waren bedekt met talloze glinsterende smaragden.

Voor hen stond een kleine man, hij was ongeveer net zo groot als de Knibbelingen. Hij was helemaal gekleed in het groen, van zijn hoofd tot zijn voeten, en zelfs zijn huid had een groenachtige tint. Naast hem stond een grote groene kist.

Toen hij Doortje en haar reisgenoten zag vroeg de man:

"Wat willen jullie in de Smaragd Stad?"

"We zijn hier gekomen om de Grote Oz te zien," zei Doortje.

De man was zo verbaasd door dit antwoord dat hij er even bij ging zitten om na te denken.

"Het is al heel wat jaren geleden sinds iemand me vroeg om Oz te zien," zei hij terwijl hij zijn hoofd schudde van verbijstering. "Hij is zó machtig en verschrikkelijk, en als je met een wissewasje of dommigheidje de wijze overpeinzingen van de Grote Tovenaar verstoort, kan hij heel kwaad worden en jullie in oogwenk vernietigen.”

“Maar het is geen wissewasje en ook geen dommigheidje,” antwoordde de Vogelverschrikker, “het is belangrijk. En men heeft ons verteld dat Oz een Goede Tovenaar is.”

“Dat is hij ook,” zei de groene man, “en hij regeert de Smaragd Stad wijs en goed. Maar tegen degenen die niet eerlijk zijn, of die hem benaderen uit nieuwsgierigheid, is hij bijzonder verschrikkelijk, en slechts weinigen durfden te vragen om hem te zien. Ik ben de Bewaker van de Poort en omdat jullie eisen dat je de Grote Oz mag spreken, moet ik jullie naar zijn paleis brengen. Maar eerst moeten jullie deze brillen opzetten.”

“Waarom?” vroeg Doortje.

“Omdat het schitterende en briljante van de Smaragd Stad je zou verblinden als jullie de brillen niet zouden dragen. Zelfs zij die in de Stad wonen moeten ze dag en nacht dragen. Ze worden allemaal op slot gedaan, want dat heeft Oz zo bevolen toen de Stad werd gebouwd en ik heb de enige sleutel die ze los kan maken.”

Hij opende de grote kist, en Doortje zag dat die gevuld was met brillen van alle soorten en maten. Ze hadden allemaal groene glazen in het montuur zitten. De Bewaker van de Poort vond een bril die precies bij Doortje paste en zette hem voor haar ogen. Er zaten twee gouden bandjes aan het montuur vast. Die werden achter haar hoofd op slot gedaan door een kleine sleutel die aan het uiteinde van een kettinkje hing dat de Bewaker van de Poort om zijn nek droeg. Toen de bril op haar hoofd stond kreeg Doortje, al zou ze het gewild hebben, hem niet meer af, maar natuurlijk wilde ze niet verblind worden door de felle stralen van Smaragd Stad, dus zei ze niets.

Daarna zocht de groene man passende brillen voor de Vogelverschrikker en de Blikken Man en de Leeuw, en zelfs eentje voor Toto, en ze werden allemaal stevig vastgezet met de sleutel.

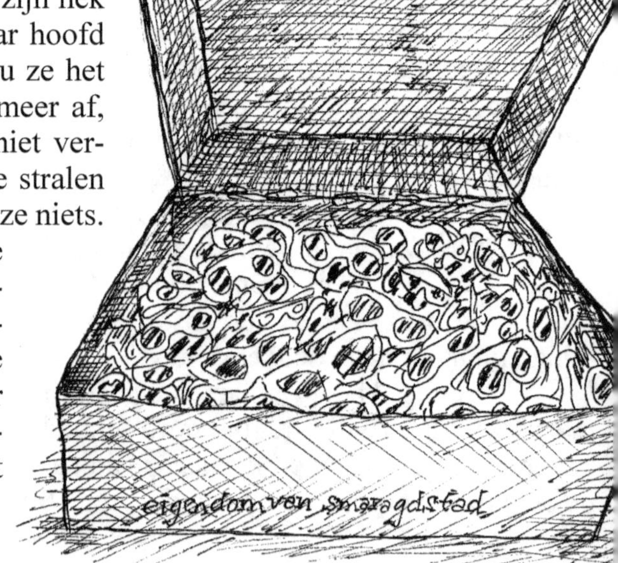

Toen zette de Bewaker van de Poort zijn eigen bril op en zei dat hij gereed was om hen naar het paleis te begeleiden. Hij pakte een grote gouden sleutel van een spijker aan de muur en opende een andere poort, en de reisgenoten volgden hem door het portaal en ze liepen de straten van Smaragd Stad op.

Hoofdstuk 11:

De Wonderschone Smaragd Stad van Oz

elfs nu hun ogen werden beschermd door de groene brillen, werden Doortje en haar vrienden verblind door de schittering van de wonderschone Stad. Langs de straten stonden prachtige rijen huizen die allemaal waren gebouwd van groen marmer en ingezet waren met sprankelende smaragden. De bestrating waar ze overheen liepen was gemaakt van hetzelfde groene marmer en waar de blokken samenkwamen, waren rijen smaragden dicht op elkaar gezet die glinsterden in de zonnestralen. De ramen en ruiten waren van groen glas; zelfs de lucht boven de Stad had een groene tint en ook de stralen van de zon waren groen.

Er waren veel mensen, mannen, vrouwen en kinderen, op de been en ze droegen allemaal groene kleding en ze hadden een groenige huid. Verwonderd keken ze naar Doortje en haar vreemde reisgenoten, en alle kinderen renden weg en verscholen zich achter hun moeders als ze de Leeuw zagen, maar niemand sprak hen aan. Er waren vele winkeltjes in de straat, en Doortje zag dat alles erin groen was. Groene snoepjes en groene popcorn waren er te koop, maar ook groene schoenen, groene hoeden en groene kleding in alle soorten. In een van de winkeltjes verkocht een man groene limonade, en toen de kinderen afrekenden kon Doortje zien dat ze met groene <u>penning</u>skes betaalden.

Het scheen hun toe dat er paarden noch enige andere dieren waren; de mannen droegen de last zelf heen en weer in kleine groene karretjes die ze voor zich uit duwden. Iedereen leek gelukkig en <u>tevreê</u> te zijn en welvarend.

De Bewaker van de Poort leidde hen door de straten tot ze bij een groot gebouw kwamen dat precies in het midden van de Stad stond. Dat was het Paleis van Oz, de Grote Tovenaar. Er stond een soldaat voor de deur, gekleed in een groen uniform en met een lange, groene baard.

"Hier zijn vreemdelingen," zei de Bewaker van de Poort tegen hem, "en ze staan erop de Grote Oz te spreken."

"Kom binnen," antwoordde de soldaat, "dan zal ik jullie aankondigen bij hem."

Ze stapten naar binnen door de paleispoorten en werden naar een grote kamer gebracht met een groen tapijt en mooie groene meubels die waren bekleed met smaragden. Ze moesten wel van de soldaat eerst hun voeten vegen aan een groene mat voor ze de kamer in mochten, en toen ze allemaal zaten zei hij beleefd:

"Maakt u het zich gemakkelijk terwijl ik door de deur naar de Troonzaal ga en Oz laat weten dat u er bent."

Ze moesten een hele poos wachten voordat de soldaat terugkwam. Toen hij eindelijk terugkwam vroeg Doortje:

"Heeft u Oz gezien?"

"O, nee," antwoordde de soldaat, "ik heb hem nog nooit gezien. Maar ik sprak met hem terwijl hij achter zijn scherm zat, en ik vertelde dat jullie er waren. Hij zei dat hij jullie een audiëntie gunt, als jullie dat willen; hij ontvangt slechts een van jullie per dag. Aangezien jullie daarom enkele dagen in het Paleis moeten verblijven, zal ik jullie naar kamers laten begeleiden waar jullie mogen uitrusten van de reis."

"Dank u," antwoordde het meisje, "dat is heel vriendelijk van Oz."

De soldaat blies op een groene fluit en ogenblikkelijk kwam er een jong meisje, gekleed in een mooie groene satijnen japon, de kamer binnen. Ze had mooi groen haar en groene ogen en ze maakte een buiging voor Doortje terwijl ze zei:

"Volg mij en ik zal u naar uw kamer brengen."

Doortje zei gedag tegen al haar vrienden, behalve Toto, nam de hond in haar armen en volgde het groene meisje door zeven passages en door drie trappenportalen, tot ze bij een kamer kwamen aan de voorkant van het Paleis. Het was het schattigste kamertje van de hele wereld, met een zacht, comfortabel bed met groene zijden lakens en een groene fluwelen beddensprei. Er was een kleine fontein in het midden van de kamer die wat groen parfum in de lucht spoot, waarna het terugviel in het prachtig gegraveerde groene marmeren bassin. Schitterende groene bloemen stonden bij de ramen en er was een plank met een rij groene boekjes. Toen Doortje de tijd had om in de boeken te kijken zag ze dat ze vol stonden met vreemde groene plaatjes die haar aan het lachen maakten, want ze waren zó grappig.

In een klerenkast hingen veel groene jurken, gemaakt van zijde en satijn en fluweel, en ze pasten Doortje allemaal, alsof ze voor haar gemaakt waren.

"Doe alsof je thuis bent," zei het groene meisje, "en als je iets nodig hebt, laat dan het belletje rinkelen. Oz zal je morgenochtend laten halen."

Ze liet Doortje alleen en ging terug naar de anderen. Hen leidde ze ook naar hun kamers, en elk van hen verbleef in een bijzonder aangenaam gedeelte van het Paleis. Als vanzelfsprekend werd dit vriendelijke gebaar niet door de Vogelverschrikker opgemerkt, want hij was alleen in zijn kamer en stond daarom <u>apathisch</u> op één plek, net achter de deurpost, te wachten tot de morgen kwam. Gaan liggen zou hem niet doen rusten en hij kon zijn ogen niet sluiten, dus bleef hij de hele nacht staren naar een kleine spin die in een hoekje van de kamer een web aan het weven was – alsof het niet een van de bijzonderste kamers in de wereld was.

De Blikken Man lag puur uit gewoonte op zijn bed, want hij herinnerde zich hoe het was toen hij nog van vlees en bloed was, maar ook hij was niet in staat om te slapen en bracht de nacht door met het op en neer bewegen van zijn gewrichten om er zeker van te zijn dat alles nog op en top functioneerde. De Leeuw zou een bed van gedroogde bladeren in het bos verkozen hebben en hield er niet van om in een kamer opgesloten te zitten, maar hij had te veel verstand om zich er druk over te maken. Hij sprong dus op het bed en rolde zichzelf op en als een kat spinde hij zichzelf binnen een minuut in slaap.

De volgende morgen, na het ontbijt, kwam de groene juffer Doortje halen, en ze kleedde Doortje in een van de mooiste jurken, die was gemaakt van groen <u>brokaten</u> satijn. Doortje trok een groen zijden schort aan en bond een groen lint om Toto zijn nek en ze gingen op weg naar de Troonzaal van de Grote Oz.

Eerst kwamen ze langs een grote hal waar veel dames en heren van het hof waren, allemaal gekleed in prachtige kostuums. Deze mensen hadden niets te doen, behalve met elkaar praten, en ze kwamen elke morgen buiten bij de Troonzaal bij elkaar, maar ze kregen Oz nooit te spreken. Toen Doortje binnenkwam keken ze nieuwsgierig naar haar en een van hen fluisterde:

"Ga jij echt het gezicht van Oz de Verschrikkelijke aanschouwen?"

"Natuurlijk," antwoordde het meisje, "als hij me wil ontvangen."

"O, hij wil je zeker ontvangen," zei de soldaat die haar had aangekondigd bij de Tovenaar, "al vindt hij het niet leuk als mensen vragen hem te zien. Eerst was hij boos en zei dat ik jullie terug moest sturen naar waar jullie vandaan kwamen. Toen vroeg hij mij hoe jullie eruitzagen en toen ik de Zilveren Schoenen noemde was hij heel geïnteresseerd. Tot slot vertelde ik hem over het teken op je voorhoofd, en hij besloot dat hij je in zijn aanwezigheid zou ontvangen."

Juist toen rinkelde een bel en het groene meisje zei tegen Doortje:
"Dat is het signaal. Je moet nu de Troonzaal alleen binnengaan."

Ze opende een kleine deur en Doortje liep er stoutmoedig doorheen en ze kwam in een wonderlijk vertrek terecht. Het was een grote, ronde zaal met een hoog gewelfd dak en de muren, het plafond en de vloer waren bedekt met grote smaragden die dicht op elkaar waren gezet. In het middelpunt van het dak was een groot licht, zo fel als de zon, waar op een wonderlijke manier de smaragden in glinsterden.

Maar Doortje was het meest geïnteresseerd in een heel grote troon van groen marmer die in het midden van de zaal stond. Hij had de vorm van een stoel en was, net als al het andere, bezet met edelstenen. In het midden van de stoel was een enorm Hoofd, zonder lichaam om het te dragen, en het had geen armen en geen benen of wat dan ook. Er zat geen haar op het hoofd, maar het had ogen en een neus en een mond, en het was groter dan het hoofd van de grootste reus.

Terwijl Doortje verwonderd en angstig naar het hoofd staarde, bewogen de ogen langzaam en keken haar doordringend en strak aan. Toen bewoog de mond en Doortje hoorde een stem zeggen:

"Ik ben Oz, de Grote en Verschrikkelijke. Wie ben jij en waarom bezoek je mij?"

De stem was niet zo verschrikkelijke als ze had verwacht van zo'n groot Hoofd, dus vatte ze moed en antwoordde:

"Ik ben Doortje, de Kleine en <u>Zachtmoedige</u>. Ik ben gekomen om u om hulp te vragen."

De ogen keken haar wel een hele minuut bedachtzaam aan. Toen zei de stem:

"Hoe kom je aan de Zilveren Schoenen?"

"Ik kreeg ze van de Boze Heks van het Oosten, toen mijn huis op haar viel en haar doodde," antwoordde ze.

"Hoe kom je aan het teken op je voorhoofd?" ging de stem verder.

"Daar ben ik gekust door de Goede Heks van het Noorden toen ze me vaarwel zei en me naar u toe stuurde," zei het meisje.

Opnieuw keken de ogen haar doordringend aan en ze zagen dat zij de waarheid vertelde. Toen vroeg Oz:

"Wat wil je dat ik voor je doe?"

"Me terugbrengen naar Kansas, waar mijn tante Emma en oom Hendrik zijn," antwoordde ze ernstig. "Ik hou niet van uw land, al is het nog zo prachtig. En ik ben er zeker van dat tante Emma doodongerust is omdat ik al zo vreselijk lang weg ben."

De ogen knipperden drie keer en toen keken ze omhoog naar het plafond en toen weer naar beneden naar de vloer en ze rolden zo vreemd dat het leek of ze naar elk deel van de zaal keken. En ten slotte keken ze weer naar Doortje.

"Waarom zou ik dat voor je doen?" vroeg Oz.

"Omdat u machtig bent en ik ben zwak; omdat u de Grote Tovenaar bent en ik slechts een hulpeloos klein meisje," antwoordde ze.

"Maar je was sterk genoeg om de Boze Heks van het Oosten te doden," zei Oz.

"Dat gebeurde gewoon," antwoordde Doortje eenvoudigweg, "ik kon er niets aan doen."

"Goed," zei het Hoofd, "ik zal je mijn antwoord geven. Je hebt niet het recht van mij te verwachten dat ik je terug naar Kansas help te komen zonder dat je mij er iets voor teruggeeft. In dit land moet iedereen betalen voor alles wat hij krijgt. Als je wilt dat ik mijn magische krachten aanwend om jou terug naar huis te krijgen, moet jij eerst iets voor mij doen. Help mij en ik help jou."

"Wat moet ik doen?" vroeg het meisje.

"Dood de Boze Heks van het Westen," antwoordde Oz.

"Dat kan ik niet!" riep Doortje verbaasd uit.

"Je doodde de Heks van het Oosten en je draagt de Zilveren Schoenen die een zeer machtige toverkracht bezitten. Er is nu nog maar één Boze Heks over in héél dit land, en ik zal je niet eerder terug naar Kansas helpen dan dat je mij kan vertellen dat ze dood is."

Het meisje begon te huilen, ze was zo teleurgesteld. De ogen knipperden weer en keken gespannen op haar neer, alsof de Grote Oz voelde dat zij hem kon helpen als ze dat zou willen.

"Ik heb nog nooit ook maar iets uit eigen vrije wil gedood," snotterde ze, "en zelfs al zou ik het willen, hoe kan ik dan de Boze Heks doden? Als u, die zo Groot en Verschrikkelijk is, het zelf niet kan, hoe kan u dan verlangen dat ik het doe?"

"Ik weet niet hoe," zei het Hoofd, "maar dat is mijn antwoord, en totdat de Boze Heks sterft zal jij je oom en tante niet meer zien. Denk eraan, de Boze Heks is Kwaadaardig – verschrikkelijk Kwaadaardig – en zij dient te worden gedood. Ga nu, en kom niet bij mij terug voor je hebt gedaan wat ik je heb opgedragen."

Bedroefd verliet Doortje de Troonzaal en keerde terug naar haar vrienden, de Leeuw en de Vogelverschrikker en de Blikken Man, die op haar wachtten om te horen wat Oz tegen haar had gezegd.

"Er is voor mij geen hoop," zei ze bedroefd, "want Oz wil mij niet naar huis brengen voor ik de Boze Heks van het Westen heb gedood, en dat zou ik nooit kunnen doen."

Haar vrienden leefden met haar mee, maar wisten ook niet hoe ze haar konden helpen, dus ging Doortje naar haar kamer en ging op het bed liggen en huilde zichzelf in slaap.

De volgende morgen ging de soldaat met de groene bakkebaarden naar de Vogelverschrikker en zei:

"Kom met mij mee, want Oz heeft je ontboden."

Dus volgde de Vogelverschrikker de soldaat en werd hij toegelaten tot de grote Troonzaal, en daar zag hij, zittend op de smaragden troon, een mooie liefelijke dame. Ze was gehuld is een groen tule-achtige zijden jurk en ze droeg op haar wuivende groene lokken een kroon van juwelen. Vanuit haar schouders groeiden prachtig gekleurde vleugels die zo licht waren dat ze trilden bij het kleinste zuchtje wind.

Nadat de Vogelverschrikker voor dit wonderschone wezen een buiging had gemaakt, zo sierlijk als zijn strovulling hem toestond, keek ze hem liefelijk aan en zei:

"Ik ben Oz, de Grote en Verschrikkelijke. Wie ben jij en waarom bezoek je mij?"

De Vogelverschrikker, die eigenlijk het grote Hoofd had verwacht waar Doortje hem over verteld had, was heel verbaasd, maar hij antwoordde haar stoutmoedig.

"Ik ben alleen maar een Vogelverschrikker, gevuld met stro. Daarom heb ik geen verstand, en ik wil u bidden en smeken om alstublieft het stro in mijn hoofd te vervangen door verstand, zodat ik, net als ieder ander in uw domein, goed bij mijn verstand kan zijn."

"Waarom zou ik dit voor jou doen?" vroeg de dame.

"Omdat u wijs en machtig bent en omdat niemand anders mij kan helpen," antwoordde de Vogelverschrikker.

"Ik verleen nooit een gunst zonder iets daarvoor terug te krijgen," zei Oz, "maar dit zeg ik toe. Als jij voor mij de Boze Heks van het Westen doodt dan schenk ik jou zo'n berg verstand van zulk een uitmuntende kwaliteit dat je de wijste man in het gehele Land van Oz zal zijn."

"Ik dacht dat u Doortje gevraagd had de Heks te doden," zei de Vogelverschrikker vol verbazing.

"Dat is waar. Maar het maakt mij niet uit wie haar doodt. Maar totdat ze dood is zal ik jouw wens niet vervullen. Ga nu, en kom niet bij mij terug voor je het verstand, waar je zó naar verlangt, hebt verdiend."

De Vogelverschrikker ging bedroefd terug naar zijn vrienden en vertelde hun wat Oz had gezegd. Doortje was verbaasd te horen dat de grote Tovenaar geen Hoofd was, zoals zij hem had gezien, maar dat hij een liefelijke dame was.

"Het maakt niet uit," zei de Vogelverschrikker, "zij heeft net zo hard een hart nodig als de Blikken Man."

De volgende morgen kwam de soldaat met de groene bakkebaarden de Blikken Man halen en zei:

"Oz heeft je ontboden. Volg mij."

Dus volgde de Blikken Man hem en zo kwam hij in de grote Troonzaal. Hij wist niet of hij Oz zou aantreffen als de lieftallige dame of als het Hoofd, maar hoopte dat het de lieftallige dame zou zijn. "Want," zei hij tot zichzelf, "als het Hoofd er is, weet ik zeker dat ik geen hart zal krijgen, want een hoofd heeft geen hart van zichzelf en daarom kan hij niets voor mij voelen, en er wordt gezegd dat alle dames van zichzelf een goed hart hebben."

Maar toen de Blikken Man de grote Troonzaal binnenkwam zag hij noch een Hoofd noch een Dame, want Oz had de vorm van een verschrikkelijk Beest aangenomen. Het Beest was zo groot als een olifant en de groene troon leek amper sterk genoeg om het Beest te kunnen dragen. Het Beest had een hoofd als dat van een neushoorn, maar hij had wel vijf ogen in zijn gezicht. Er waren vijf lange armen die uit zijn lichaam staken en hij had vijf lange, dunne benen en dik, wollig haar bedekte zijn hele lichaam. Een monster dat er nog verschrikkelijker uitzag was ondenkbaar. Gelukkig voor de Blikken Man had hij op dat moment geen hart, want het zou in zijn keel geklopt hebben van angst. Maar omdat hij alleen van blik was gemaakt, was de Blikken Man helemaal niet bang, al was hij wel teleurgesteld.

"Ik ben Oz, de Grote en Verschrikkelijke," sprak het Beest met een bulderende stem die klonk als één grote brul. "Wie ben jij en waarom bezoek je mij?"

"Ik ben een Houthakker en gemaakt van blik. Daarom heb ik geen hart en kan ik niet liefhebben. Ik bid en smeek u mij een hart te geven, zodat ik weer als andere mannen kan zijn."

"Waarom zou ik dat doen?" wilde het Beest weten.

"Omdat ik het vraag en u alleen kan mijn verzoek inwilligen," antwoordde de Blikken Man.

Oz gaf een lage grom en zei nurks:

"Als je inderdaad een hart verlangt, dan moet je het verdienen."

"Hoe?" vroeg de Blikken Man.

"Help Doortje om de Boze Heks van het Westen te doden," antwoordde het Beest. "Als de Boze Heks dood is, kom dan terug bij mij, en ik zal je het grootste en vriendelijkste en meeste liefhebbende hart van het hele Land van Oz geven."

En zo moest de Blikken Man bedroefd teruggaan naar zijn vrienden. Hij vertelde hun over het verschrikkelijke Beest dat hij had gezien. Ze vroegen zich af hoeveel vormen de grote Tovenaar wel niet kon aannemen, en de Leeuw zei:

"Als hij het beest is als ik hem kom zien, zal ik zo hard brullen dat hij van schrik wel alles doet wat ik vraag. En als hij de liefelijke dame is, zal ik doen alsof ik op haar spring en zo zal ik haar bewegen te doen wat ik gebied. En als hij het grote Hoofd is, zal hij aan mijn genade zijn overgeleverd, want ik rol dat hoofd door de hele kamer tot hij belooft ons te geven wat we verlangen. Dus kop op, vrienden, wees goedgemutst, want het komt allemaal wel goed."

De volgende morgen bracht de soldaat met de groene bakkebaarden de Leeuw naar de grote Troonzaal en gebood hem voor Oz te verschijnen.

De Leeuw liep meteen door de deur en terwijl hij rondkeek zag hij, tot zijn grote verbazing, dat voor de troon een Bal van Vuur was, zó woest en zó stralend dat hij het nauwelijks kon verdragen om ernaar te staren. Zijn eerste gedachte was dat Oz per ongeluk vlam had gevat en nu aan het opbranden was, maar toen hij probeerde om dichterbij te komen was de hitte zo intens dat die zijn snorharen schroeide, dus kroop hij trillend terug naar een plekje bij de deur.

Toen kwam er een lage, sonore stem van de Bal van Vuur die de volgende woorden sprak:

"Ik ben Oz, de Grote en Verschrikkelijke. Wie ben jij en waarom bezoek je mij?" En de Leeuw antwoordde:

"Ik ben een Laffe Leeuw, bang voor alles. Ik kom u smeken om mij moed te geven, zodat ik mijn plaats als Koning der Beesten, zoals de mensen me noemen, kan innemen."

"Waarom zou ik je moed geven?" wilde Oz weten.

"Omdat u van alle Tovenaars de grootste bent en u alleen de macht hebt om mijn verzoek in te willigen," antwoordde de Leeuw.

Een poosje brandde de Bal van Vuur woest en toen zei de stem:

"Breng mij het bewijs dat de Boze Heks dood is en dan zal ik jou je moed geven. Maar zolang de Heks leeft zal jij lafhartig blijven."

De Leeuw was boos geworden door deze woorden, maar hij kon er niets tegen inbrengen, en terwijl hij daar stilletjes stond te staren naar de Bal van Vuur werd de Bal zo vreselijk heet dat de Leeuw, met zijn staart tussen zijn benen, zich de zaal uit haastte. Hij was opgelucht toen bleek dat zijn vrienden hem stonden op te wachten, en hij vertelde hun over het verschrikkelijke gesprek dat hij met de Tovenaar had gehad.

"Wat moeten we nu doen?" vroeg Doortje bedroefd.

"Er is maar één ding dat we kunnen doen," antwoordde de Leeuw, "en dat is naar het Land van de Wenkelingen gaan om de Boze Heks te zoeken en haar te vernietigen."

"Maar veronderstel dat we het niet kunnen?" zei het meisje.

"Dan zal ik nooit moed krijgen," verklaarde de Leeuw.

"En ik zal geen verstand hebben," voegde de Vogelverschrikker eraan toe.

"En ik zal nooit een hart hebben," sprak de Blikken Man.

"En ik zal tante Emma en oom Hendrik nooit terugzien," zei Doortje en ze begon te huilen.

"Voorzichtig!" riep het groene meisje. "De tranen zullen nog vlekken op je zijden jurk maken."

Doortje droogde snel haar tranen en zei:

"Ik veronderstel dat we het maar moeten proberen, maar ik weet heel zeker dat ik niemand wil dood maken, zelfs niet om tante Emma weer te zien."

"Ik zal met je meegaan, al ben ik te laf om de Heks te doden," zei de Leeuw.

"Ik zal ook meegaan," verklaarde de Vogelverschrikker, "maar ik zal je van weinig nut zijn, ik ben zo'n stommeling."

"Zelfs zonder hart zou ik een Heks niets kunnen aandoen," merkte de Blikken Man op, "maar als je gaat, dan zal ik zeker met je meegaan."

Daarop besloten ze de volgende morgen te vertrekken en de Blikken Man scherpte zijn bijl aan een groene wetsteen en hij smeerde al zijn scharnieren goed met olie. De Vogelverschrikker vulde zichzelf met vers stro en Doortje bewerkte zijn ogen met nieuwe verf, zodat hij beter kon zien. Het groene meisje was zo aardig om Doortje haar mandje te vullen met lekkere etenswaren en bond met een groen lint een belletje om de nek van Toto.

Ze gingen vroeg naar bed en sliepen als roosjes tot het ochtendgloren, toen ze gewekt werden door het gekraai van een groene haan die in de achtertuin van het paleis leefde en het gekakel van een hen die net een groen ei had gelegd.

Hoofdstuk 12:

De Zoektocht naar de Boze Heks

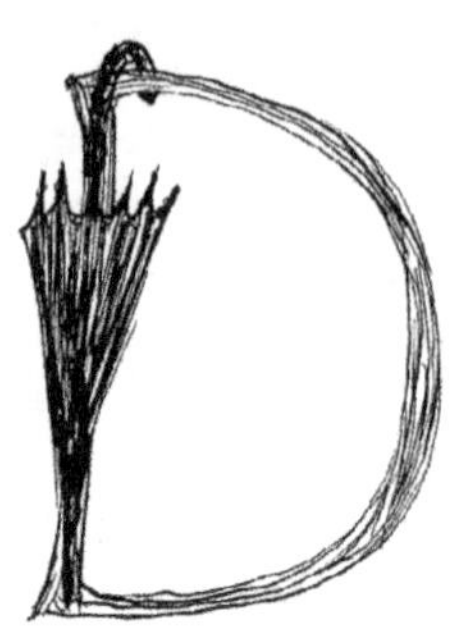

e soldaat met de groene bakkebaarden leidde hen door de straten van de Smaragd Stad tot ze bij de kamer kwamen waar de Bewaker van de Poort woonde. De officier opende de sloten van hun brillen en stopte ze terug in zijn grote kist en hij opende beleefd de poort voor onze vrienden.

"Welke weg gaat naar de Boze Heks van het Westen?" vroeg Doortje.

"Er is geen weg," antwoordde de Bewaker van de Poort, "want niemand wil ooit haar kant op gaan."

"Hoe kunnen we haar dan vinden?" wilde het meisje weten.

"Dat is eenvoudig," antwoordde de man. "Als ze eenmaal weet dat jullie in het Land van de Wenkelingen zijn, zal ze jullie vinden en tot haar slaven maken."

"Misschien niet," zei de Vogelverschrikker, "wij willen haar namelijk vernietigen."

"O, maar dan is het een ander verhaal," zei de Bewaker van de Poort. "Niemand heeft haar ooit eerder vernietigd, dus ging ik ervan uit dat ze jullie, net als de rest, tot haar slaven zou maken. Maar pas goed op jezelf; ze is kwaadaardig en wreed en misschien zal ze niet toestaan dat jullie haar komen vernietigen. Ga naar het westen, waar de zon ondergaat, en je kan haar niet mislopen."

Ze bedankten hem en namen afscheid. Daarna sloegen ze af naar het westen. Ze liepen over velden van zacht gras waarin hier en daar madeliefjes en boterbloemen groeiden. Doortje droeg nog de zijden jurk die ze in het paleis had gedragen, maar tot haar grote verrassing was de jurk niet meer groen, hij was spierwit geworden. Het lint om de nek van Toto had ook zijn groene kleur verloren en was nu net zo wit als de jurk van Doortje.

Al snel lag de Smaragd Stad ver achter hen. Naarmate ze verder gingen werd de grond ruwer en kreeg het landschap meer heuvels. Hier in het land van het Westen waren geen boerderijen en geen huisjes en de grond was onbewerkt.

's Middags scheen de zon vreselijk fel in hun gezichten en er waren geen bomen die schaduw konden bieden, zodat Doortje, Toto en de Leeuw nog voor de avond bekaf waren. Ze gingen op het gras liggen en vielen in slaap, terwijl de Blikken Man en de Vogelverschrikker de wacht hielden.

Nu was het zo dat de Boze Heks van het Westen slechts één oog had, maar dat oog was sterk als een telescoop en daarmee kon ze overal kijken. Toen de Heks bij de deur van haar kasteel zat en om zich heen keek, zag ze dat Doortje lag te slapen met haar vrienden om zich heen. Ze waren nog ver weg, maar de Boze Heks was woedend toen ze vreemdelingen in haar land aantrof en ze blies op een zilveren fluit die om haar nek hing.

Ogenblikkelijk kwam er van alle kanten een meute grote wolven aangerend. Ze hadden lange poten en woeste ogen en scherpe tanden.

"Ga naar de vreemdelingen," zei de Heks, "en scheur ze aan stukken."

"Gaat u geen slaven van ze maken?" vroeg de leider van de wolven.

"Nee," antwoordde ze, "één is van blik, de ander van stro, één is een meisje en de ander is een leeuw. Geen van hen is geschikt om te werken, je mag ze dus in stukken scheuren."

"Zoals u wenst," zei de wolf, en hij ging er als een speer vandoor, gevolgd door de anderen.

Het was maar goed dat de Vogelverschrikker en de Blikken Man wakker waren en dat ze de wolven hoorden aankomen.

"Dit is mijn gevecht," zei de Blikken Man. "Ga dus achter me staan en ik zal ze bevechten als ze komen."

Hij greep zijn bijl, die hij vlijmscherp had gemaakt, en toen de leider van de wolven kwam, hief de Blikken Man zijn arm en sloeg de kop van de wolf met één slag van de romp, het beest was op slag dood. Amper had de Blikken Man zijn arm weer omhoog of de volgende wolf kwam eraan, en ook deze wolf stierf bij het dalen van het scherpe wapen van de Blikken Man. Er waren veertig wolven en veertig keer stierf er een wolf; ze lagen op een grote hoop aan de voeten van de Blikken Man.

Toen liet hij zijn bijl zakken en hij ging naast de Vogelverschrikker zitten, die zei:

"Het was een goede strijd, mijn vriend."

Ze wachtten tot Doortje de volgende morgen wakker werd. Het meisje schrok van de grote hoop harige wolven, maar de Blikken Man vertelde haar alles. Ze bedankte hem voor de redding en ging zitten om te ontbijten. Daarna gingen de reisgenoten weer verder.

Op deze zelfde morgen kwam de Boze Heks naar de deur van haar kasteel en keek om zich heen met haar ene oog, dat zo ver weg kon zien, en zag haar wolven dood op elkaar liggen, en ze zag dat de vreemdelingen nog steeds door haar land trokken. Dit maakte haar nog bozer dan ze al was, en ze blies tweemaal op haar zilveren fluit.

Vliegensvlug kwam er een grote wolk wilde kraaien aangevlogen, groot genoeg om de lucht te verduisteren. En de Boze Heks zei tegen de Kraaienkoning:

"Vlieg naar de vreemdelingen. Pik hun ogen uit en scheur ze aan stukken."

De wilde kraaien vlogen als één grote, donkere wolk naar Doortje en haar reisgenoten. Toen het meisje de kraaien aan zag komen was ze doodsbang. Maar de Vogelverschrikker zei:

"Dit is mijn gevecht. Ga naast mij op de grond liggen en je zal veilig zijn."

Ze gingen allemaal op de grond liggen, behalve de Vogelverschrikker. Hij ging rechtop staan en strekte zijn armen uit, en toen de vogels hem zagen waren ze bang, zoals deze vogels altijd bang zijn van een Vogelverschrikker, en ze durfden niet dichterbij te komen. Maar de Kraaienkoning zei:

"Hij is maar een man van stro. Ik zal hem de ogen uitpikken."

De Kraaienkoning vloog op de Vogelverschrikker af, maar die pakte hem en draaide zijn nek om tot de kraai dood was. Toen vloog een andere kraai naar de Vogelverschrikker en hij pakte ook deze vogel en draaide hem de nek om. Er waren veertig kraaien en veertig keer pakte de Vogelverschrikker een kraai en draaide hem de nek om, net zolang tot ze alle veertig dood op een hoop naast hem lagen. Daarna riep hij tegen zijn vrienden dat ze op konden staan en konden ze hun reis vervolgen.

Toen de Boze Heks weer naar buiten keek, zag ze haar dode kraaien op een hoop liggen. Nu werd ze nog bozer en ze blies drie keer op haar zilveren fluit.

Er klonk een oorverdovend gezoem in de lucht en een grote zwerm <u>Zwarte Bijen</u> kwam op haar afgevlogen.

"Ga naar de vreemdelingen en steek ze dood!" beval de Heks, en de zwerm vloog als de wiedeweerga naar waar Doortje en haar vrienden liepen. Maar de Blikken Man had ze zien aankomen en de Vogelverschrikker besloot wat ze moesten doen.

"Gebruik mijn stro om het meisje, de hond en de Leeuw te bedekken," zei hij tegen de Blikken Man, "dan kunnen de bijen hen niet steken." Doortje ging tegen de Leeuw aanliggen en hield Toto in haar armen. De

102

Blikken Man bedekte hen daarna met het stro van de Vogelverschrikker.

Toen de bijen kwamen, was de enige die ze konden steken de Blikken Man. Ze vlogen op hem af en braken al hun angels af toen ze in het blik probeerde te steken. En zoals algemeen bekend is sterven bijen als ze hun angel kwijtraken, dus was dit het einde van de Zwarte Bijen. Ze lagen als een hoopje as naast de Blikken Man op de grond.

Toen stonden Doortje en de Leeuw op en hielp het meisje de Blikken Man het stro van de Vogelverschrikker weer terug te stoppen, en hij was weer zo goed als nieuw. Daarna vervolgden ze weer hun reis.

De Boze Heks raakte buiten zichzelf van woede toen ze haar Zwarte Bijen als as op de grond zag liggen en ze stampte met haar voet, trok aan heur haren en knarste met haar tanden. Toen riep ze een dozijn van haar slaven, de Wenkelingen, bij zich, gaf ze vlijmscherpe speren en beval hun de vreemdelingen te vernietigen.

De Wenkelingen zijn geen dapper volk, maar ze hadden geen keus en moesten doen wat hun werd opgedragen. Ze marcheerden weg van het kasteel tot ze vlak bij Doortje waren. Toen brulde de Leeuw enorme hard en sprong op hen af. De arme Wenkelingen waren zo bang dat ze terug naar het kasteel renden zo hard als hun voeten hen konden dragen.

Toen ze terugkwamen op het kasteel gaf de Boze Heks hun een flink pak rammel met een leren ceintuur en daarna stuurde ze hen terug naar hun werk. Toen ging ze zitten om eens na te denken over wat haar volgende stap zou zijn. Ze begreep niet waarom haar plannen om de vreemdelingen te vernietigen mislukt waren, maar ze was niet alleen een machtige Heks maar ook een Boze, en al snel had ze een nieuw plan bedacht.

In een kast had ze een Gouden Kap met een zoom van diamanten en robijnen. Deze Gouden Kap bezat een toverspreuk. De eigenaar van de Kap kon driemaal een beroep doen op de diensten van de Gevleugelde Apen, die alles moesten doen wat hun werd bevolen. Maar niemand kon meer dan drie keer een bevel geven aan deze vreemde wezens. Reeds tweemaal eerder had de Boze Heks de spreuk van de Kap gebruikt. Een maal hadden de Gevleugelde Apen haar geholpen om de Wenkelingen tot haar slaven te maken en de macht te grijpen over hun land. En één keer hadden zij haar in haar gevecht tegen de Grote Oz geholpen en hem uit het land van het Westen verdreven. Nog maar één keer kon ze de Gouden Kap gebruiken en daarom was ze er niet happig op om de Kap te gebruiken voor ze al haar krachten had uitgeput.

Maar nu haar woeste wolven, wilde kraaien en stekende Zwarte Bijen waren verslagen en haar slaven waren verjaagd door de Laffe Leeuw zag ze nog maar één mogelijkheid om Doortje en haar vrienden te vernietigen.

Dus pakte de Boze Heks de Gouden Kap uit haar kast en zette hem op haar hoofd. Toen ging ze op haar linkerbeen staan en zei langzaam:

"Ep-pe, pep-pe, kak-ke!"

Daarna ging ze op haar rechterbeen staan en zei:

"Hil-lo, hol-lo, hal-lo!"

Daarna ging ze op beide benen staan en riep met een luide stem:

"Ziz-zie, zoe-zie, zik!"

Nu begon de magie te werken. De lucht werd duister en er klonk een laag, rommelend geluid. Het geluid van haastig klapwiekende vleugels en een luid gekrakeel van stemmen en gelach waren duidelijk te horen. Toen de zon weer tevoorschijn kwam, was de Boze Heks omringd door een troep apen en elk van hen had een paar immens grote en krachtige vleugels achter zijn schouders.

Eén was veel groter dan de rest en hij leek hun leider te zijn. Hij vloog tot dicht bij de Heks en zei:

"Het is de derde en laatste keer dat u ons heeft geroepen. Wat kunnen we voor u doen?"

"Ga naar de vreemdelingen die in mijn land zijn en vernietig hen allemaal behalve de Leeuw," zei de Boze Heks. "Breng dat beest bij mij en ik zal hem temmen en beteugelen als een paard en hij zal voor mij werken."

"Uw wens is ons bevel en dat zal worden opgevolgd," zei de leider, en toen vlogen de Gevleugelde Apen met een hoop geschreeuw en lawaai weg in de richting van Doortje en haar vrienden.

Enkele Apen grepen de Blikken Man en vlogen met hem door de lucht, daarna lieten ze hem vallen. De arme Blikken Man viel een heel eind naar beneden en de dikke scherpe rotspunten die zijn val braken deukten en kreukten hem zo dat hij niet meer kon steunen of kreunen.

Anderen pakten de Vogelverschrikker en graaiden met hun lange vingers al het stro uit zijn kleren en uit zijn hoofd. Van de kleren en de hoed en de schoenen maakten ze een bundel en gooiden die in de top van een hoge boom.

De overige Apen gooiden stevige touwen om de Leeuw heen en

wikkelden hem daarin tot hij zijn hoofd en poten niet meer kon bewegen. Toen de Leeuw niet meer van zich af kon bijten of van zich af kon krabben, vlogen de Apen hem naar het kasteel van de Heks en daar werd hij in een kleine tuin met een hoog ijzeren hek eromheen opgesloten, zodat hij niet kon ontsnappen.

Maar ze deden Doortje niets. Ze stond, met Toto in haar armen, te kijken naar het trieste lot van haar kameraden en vreesde dat het binnenkort haar beurt zou zijn. De leider van de Gevleugelde Apen vloog recht op haar af met zijn lange, harige armen uitgestrekt en een verschrikkelijke grijns op zijn lelijke gezicht, maar toen hij het merkteken van de kus van de Goede Heks op het voorhoofd van Doortje zag stopte hij ogenblikkelijk. Hij gaf een teken aan de anderen dat betekende dat zij het meisje niet mochten aanraken.

"We zullen dit meisje geen kwaad doen," zei hij tegen hen. "Ze wordt beschermd door de Macht van het Goede en die is groter dan de Macht van het Boze. Al wat we kunnen doen is haar naar het kasteel brengen en haar bij de Boze Heks achterlaten."

Ze namen Doortje voorzichtig in hun armen en vlogen haar naar het kasteel, waar ze haar bij de voordeur afzetten. Toen zei de leider tegen de Heks:

"We hebben uw opdracht zo goed als we konden uitgevoerd. De Blikken Man en de Vogelverschrikker zijn vernietigd, en de Leeuw is vastgebonden in uw tuin. Het meisje durven we geen kwaad te doen en ook het hondje in haar armen niet. Uw macht over onze troep is tot een eind gekomen en u zal ons nooit meer zien."

Toen barstten de Gevleugelde Apen uit in gelach, gekrakeel en lawaai, vlogen weg en waren al snel uit het zicht verdwenen.

De Boze Heks was verbaasd en bezorgd toen ze het merkteken op Doortje haar voorhoofd zag, want ze wist heel goed dat noch de Vliegende Apen noch zijzelf het niet moesten wagen om het meisje ook maar een haar te krenken. Toen de Heks omlaag keek en de Zilveren Schoenen aan de voeten van Doortje zag zitten, begon ze te trillen van angst, want ze wist dat de schoenen grote toverkracht bezaten. De eerste gedachte van de Heks was dat ze van Doortje weg moest rennen, maar toen ze in de ogen van het meisje keek zag ze hoe simpel de ziel achter de ogen was en ze begreep dat het meisje niets afwist van de bijzondere macht die de Zilveren Schoenen haar gaven. De Boze Heks lachte bij zichzelf en dacht: "Ik kan haar wel tot een slaaf maken, want ze weet niet hoe ze de macht

van de schoenen moet gebruiken." Toen zei ze genadelooswreed en streng tegen Doortje:

"Volg mij en let goed op alles wat ik zeg, anders zorg ik voor je einde, zoals ik ook een einde maakte aan de Blikken Man en de Vogelverschrikker."

Doortje volgde haar door de vele prachtige kamers van haar kasteel tot ze bij de keuken kwamen. Daar beval de Heks haar de potten en pannen schoon te maken, de vloer te dweilen en het vuur te voeden met hout.

Doortje ging <u>gedwee</u> aan het werk. Ze wilde zo hard werken als ze kon, want ze was opgelucht dat de Boze Heks had besloten haar niet te doden.

Met Doortje hard aan het werk dacht de Heks dat ze wel naar de binnenplaats kon gaan om de Laffe Leeuw als een paard te beteugelen. Het zou haar amuseren, dacht ze, om de Leeuw haar koets te laten voorttrekken als ze weer eens een ritje wilde maken. Maar toen ze het hek opendeed, brulde hij luid en liep hij zo woest op haar af dat de Heks van schrik de binnenplaats afrende en het hek weer sloot.

"Als ik je niet kan beteugelen," zei de Heks door de tralies van het hek tegen de Leeuw, "dan kan ik je wel uithongeren. Je zal niets te eten krijgen tot je doet wat ik je zeg."

De gevangen Leeuw kreeg daarna niet te eten van haar en elke middag kwam ze vragen:

"Ben je bereid je te laten beteugelen als een paard?"

En de Leeuw antwoordde dan elke keer:

"Nee. Als je op de binnenplaats komt, zal ik je bijten."

De reden dat de Leeuw niet deed wat de Heks zei was dat Doortje hem elke nacht, als de vrouw sliep, wat te eten kwam brengen uit de keukenkast. Nadat hij gegeten had ging hij altijd op zijn bed van stro liggen, en Doortje ging dan naast hem liggen en legde haar hoofd op zijn zachte, dikke manen en dan spraken ze over hun problemen en over hoe ze zouden kunnen ontsnappen. Ze konden geen uitweg uit het kasteel vinden, want die werd constant bewaakt door de slaven van de Boze Heks, de gele Wenkelingen, die te bang waren om niet te doen wat de Heks ze had opgedragen.

Het meisje moest overdag hard werken, en de Heks dreigde haar steeds maar weer te slaan met haar oude paraplu die ze altijd bij zich had. In werkelijkheid durfde de Heks haar niets aan te doen, vanwege het teken op haar voorhoofd. Het meisje wist dit niet en was doodsbang dat de Heks haar of Toto wat zou aandoen. Eén keer had de Heks Toto een klap gegeven met haar paraplu en het kleine dappere hondje was op haar afgevlogen en had haar in haar been gebeten. De Heks bloedde niet waar ze was gebeten, want ze was namelijk zo verdorven dat haar bloed al jaren geleden was opgedroogd.

Het leven van Doortje werd er niet beter op en ze kreeg het gevoel dat het nu moeilijker dan ooit zou worden om terug naar Kansas en tante Emma te gaan. Soms huilde Doortje uren aaneen en Toto zat dan aan haar voeten en keek haar aan terwijl hij triest jankte om te laten zien hoe rot hij het voor haar vond. Het maakte Toto weinig uit of hij in Kansas was of in het Land van Oz, als hij maar bij Doortje was, maar hij wist dat het meisje ongelukkig was en dat maakte hem ook ongelukkig.

Het was de Boze Heks er alles aan gelegen om zelf de Zilveren Schoenen, die het meisje altijd droeg, te kunnen dragen. Haar Bijen, haar Kraaien en haar Wolven lagen op hopen op te drogen en ze had al de krachten van de Gouden Kap opgebruikt. Als ze alleen maar de Zilveren Schoenen te pakken kon krijgen, dan kreeg ze meer macht dan alles wat ze was kwijtgeraakt. Ze volgde Doortje aandachtig om te zien of ze ooit haar schoenen uit zou doen, zodat de Heks ze kon stelen. Het meisje was zo trots op haar mooie schoenen dat ze die nooit uitdeed, behalve 's avonds als ze een bad nam. De Heks was te bang voor het donker om de kamer van Doortje 's avonds en 's nachts binnen te gaan om de schoenen weg te nemen, en haar angst voor water was groter dan haar angst voor het donker, dus kwam ze zelfs niet in de buurt als Doortje in bad zat. Het was zelfs zo dat ze nooit water aanraakte en ze keek goed uit om zelf hoe dan ook niet met water in contact te komen.

Maar het gemene schepsel was niet achterlijk en uiteindelijk bedacht ze een truc om te pakken te krijgen wat ze wilde hebben. Ze legde een ijzeren staaf op de vloer in het midden van de keuken en met haar toverkunsten maakte ze de balk onzichtbaar voor het menselijk oog. Toen Doortje de keuken doorliep struikelde ze over de staaf en viel languit op de vloer. Ze had zich geen pijn gedaan, maar in haar val was ze wel een van haar Zilveren Schoenen verloren, en nog voor Doortje de schoen kon pakken had de Heks die al weggegrist en aan haar eigen voet gedaan.

De gemene vrouw was helemaal in haar nopjes door het succes van haar truc, en zolang ze de helft van het paar Zilveren Schoenen had bezat ze ook de helft van hun kracht, en Doortje kon, al had ze geweten hoe, de kracht nu niet meer tegen haar gebruiken.

Het meisje, dat zag dat de Heks haar schoen had, werd boos en zei:

"Geef mij mijn schoen terug!"

"Dat doe ik niet," beet ze terug, "het is nu mijn schoen en niet de jouwe."

"Jij gemene feeks!" riep Doortje. "Je hebt het recht niet mijn schoen weg te nemen."

"Maar desalniettemin houd ik de schoen toch," zei de Heks lachend tegen haar, "en op een dag zal ik ook de andere krijgen."

Dit maakte Doortje zo boos dat ze een emmer water, die vlak bij haar stond, oppakte en over de Heks gooide, die van kop tot teen drijfnat werd.

Ogenblikkelijk gaf de verdorven vrouw een luide schreeuw van angst en toen Doortje opkeek zag ze tot haar verbazing dat de Heks begon te krimpen en te verdwijnen.

"Kijk nou wat je doet!" schreeuwde ze. "Ik zal dadelijk helemaal wegsmelten."

"Dat spijt me heel erg," zei Doortje, die werkelijk geschrokken was toen ze de Heks als bruine suiker voor haar ogen zag wegsmelten.

"Wist je dan niet dat water een eind aan me zou maken?" jammerde de Heks met een wanhopige stem.

"Natuurlijk niet," antwoordde Doortje, "hoe had ik dat moeten weten?"

"Binnen een paar minuten zal ik helemaal gesmolten zijn, en dan heb je het kasteel helemaal voor jezelf. Ik was verderfelijk in de tijd die ik had, maar ik had nooit gedacht dat een kleine kaprut als jij mij en mijn boze daden zou kunnen laten smelten. Pas op – daar ga ik!"

Met deze woorden viel de Heks in een bruine, gesmolten, vormloze massa op de grond en begon ze weg te kruipen over de schone tegels van de keukenvloer. Toen ze zich realiserende dat de Heks echt was gesmolten tot niets, pakte Doortje nog een emmer water en gooide die over de vieze plek. Daarna dweilde ze alles zo de deur uit. Nadat ze haar Zilveren Schoen, die niet met de Heks was gesmolten, had schoongemaakt en afgedroogd, deed ze hem weer aan haar voet. Nu ze vrij was om te doen wat ze wilde, rende Doortje naar de binnenplaats om de Leeuw te vertellen dat de Boze Heks van het Westen aan haar einde was gekomen, en dat ze niet langer gevangenen waren in een vreemd land.

Hoofdstuk 13:

Vierlijk Weerzien

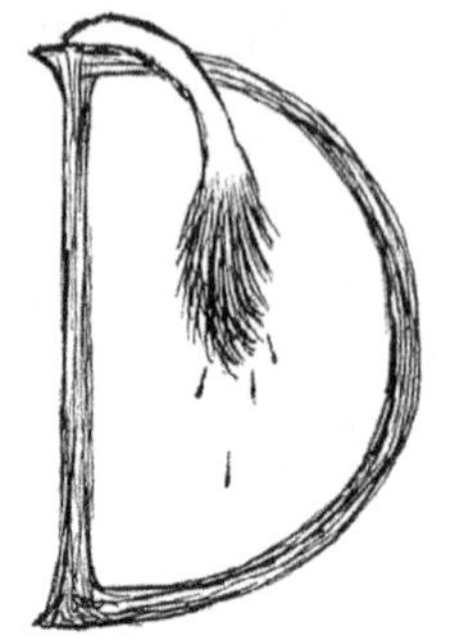e Laffe Leeuw was helemaal in zijn nopjes met het nieuws dat de Boze Heks was gesmolten door een emmer met water. Doortje opende meteen het hek van zijn gevangenis en bevrijdde de Leeuw. Ze gingen samen het kasteel binnen en Doortje riep als eerste de Wenkelingen bij elkaar en vertelde hun dat zij niet langer de slaven van de Boze Heks waren.

Er heerste grote blijdschap onder de gele Wenkelingen, want ze hadden onder het juk van de Boze Heks altijd hard moeten werken en zij had de Wenkelingen altijd wreed behandeld. Deze dag werd een feestdag, voor nu en altijd, en er werd gefeest en gedanst.

"Waren onze vrienden, de Vogelverschrikker en de Blikken Man, maar hier," zei de Leeuw, "dan zou ik pas echt gelukkig zijn."

"Denk je dat we ze kunnen redden?" vroeg het meisje opgewonden.

"We kunnen het zeker proberen," antwoordde de Leeuw.

Ze riepen de gele Wenkelingen bij elkaar en vroegen of ze wilden helpen om hun vrienden te redden, en de Wenkelingen zeiden dat ze graag alles wat in hun macht lag wilden doen, want Doortje had hen tenslotte verlost van de Boze Heks. Doortje koos een paar Wenkelingen uit die haar wel slim leken, en ze gingen eropuit. Ze waren de hele dag en een deel van de volgende dag onderweg voor ze bij de rotsvlakte kwamen waar de Blikken Man, helemaal gedeukt en gekreukt, lag. Zijn bijl lag vlak bij hem, maar die was helemaal verroest en het heft was afgebroken.

De Wenkelingen tilden hem voorzichtig op en brachten hem naar het gele kasteel. Doortje huilde toen ze zag hoe slecht haar goede vriend eraan toe was, en de Leeuw keek ernstig en bedroefd. Toen ze bij het kasteel kwamen vroeg Doortje:

"Zijn er smeden onder jullie?"

"O ja, en sommige zijn bijzonder goede smeden," vertelden ze haar.

"Breng ze dan bij mij," zei ze. En toen de smeden kwamen, met hun gereedschappen in manden bij zich, vroeg Doortje:

"Kunnen jullie de Blikken Man weer uitdeuken en hem weer in vorm krijgen en hem solderen waar hij gebroken is?"

De smeden bekeken de Blikken Man aandachtig en ze antwoordden dat ze dachten dat ze hem wel konden herstellen en dan zou hij weer zo goed als de oude worden. Zo gezegd, zo gedaan en ze gingen aan het werk in een van de grote gele kamers en ze werkten drie dagen en vier nachten, en ze hamerden en wrikten en wrongen, soldeerden en polijstten, en ze beukten op de benen, het lichaam en het hoofd van de Blikken Houthakker tot de laatste deuk en kreuk gladgestreken waren en zijn gewrichten als nooit tevoren werkten. De smeden gebruikten enkele metalen platen om hem op te lappen, het was niet anders, maar ze hadden zeer goed werk geleverd, en de Blikken Man is helemaal geen ijdeltuit, dus maakte hij zich er niet druk om dat hij er als een lappenpop van blik uitzag.

Toen hij eindelijk de kamer van Doortje kwam binnenlopen en haar bedankte voor de redding, moest Doortje zijn tranen van vreugde drogen met haar schort om te voorkomen dat zijn kaakgewrichten weer vast zouden roesten. Tegelijkertijd biggelden er ook dikke tranen over haar wangen, van vreugde omdat ze haar goede vriend weerzag, maar deze tranen hoefden niet te worden weggepoetst. Wat de Leeuw aangaat, hij droogde zijn ogen regelmatig met de punt van zijn staart, zelfs zo veel dat de staart op de binnenplaats moest drogen in de zon.

"Nu zou alleen de Vogelverschrikker ook nog bij ons zijn moeten zijn," zei de Blikken Man nadat Doortje hem het hele verhaal had verteld, "dan zou ik pas echt gelukkig zijn."

"We moeten hem proberen te vinden," zei het meisje.

Dus riep ze de Wenkelingen om haar te helpen, en ze liepen een hele dag en een deel van de volgende tot ze bij de hoge boom kwamen waar de Vliegende Apen het bundeltje kleren van de Vogelverschrikker in de top hadden gegooid.

Het was een heel hoge boom en de stam was zo glad dat niemand erin kon klimmen, maar de Blikken Man zei meteen:

"Ik zal hem omhakken, dan kunnen we zo bij de kleren van de Vogelverschrikker."

Terwijl de smeden hadden gewerkt aan het herstel van de Blikken Man, had een andere Wenkeling, die goudsmid was, een steel van puur goud gemaakt en de gebroken houten

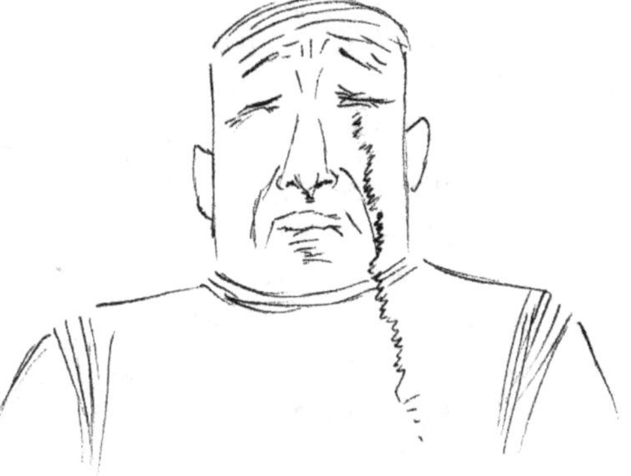

steel van de bijl van de Blikken Man daardoor vervangen. Weer anderen hadden het blad van de bijl gepoetst tot alle roest eraf was en hij weer glom als gepoetst zilver.

De Blikken Man was nog niet uitgesproken of hij was al begonnen aan het omhakken van de boom. Binnen de kortste keren viel de boom met een enorm gekraak om en rolden de kleren van de Vogelverschrikker uit de takken en over de grond.

Doortje pakte het bundeltje op en vroeg de Wenkelingen om ze naar het kasteel te brengen. Daar werd de bundel gevuld met schoon en vers stro, <u>et voilà</u>, daar stond de Vogelverschrikker, weer helemaal de oude, en hij bedankte hen eindeloos voor zijn redding.

Na dit vierlijk weerzien waren ze weer samen, en Doortje en haar vrienden bleven nog een paar gelukkige dagen op het Gele Kasteel, waar het ze aan niets ontbrak. Maar op een dag moest het meisje aan haar tante Emma denken en zei:

"We moeten terug naar Oz om hem zijn beloften te laten nakomen."

"Ja," zei de Blikken Man, "dan zal ik eindelijk mijn hart krijgen."

"Ik zal eindelijk verstandig worden," voegde de Vogelverschrikker er vrolijk aan toe.

"En ik zal eindelijk moed krijgen," zei de Leeuw bedachtzaam.

"En ik zal weer naar Kansas gaan," riep Doortje terwijl ze in haar handen klapte. "O, laten we morgen naar de Smaragd Stad gaan!"

Aldus besloten ze. De volgende morgen riepen ze de Wenkelingen bij elkaar en namen afscheid. De Wenkelingen vonden het helemaal niet leuk dat ze vertrokken, en ze waren zo gehecht geraakt aan de Blikken Man dat ze hem smeekten om te blijven en ze vroegen hem over hen en het Land van het Westen te regeren. Toen bleek dat ze toch echt wilden vertrekken, gaven de Wenkelingen Toto en de Leeuw elk een gouden halsband. Aan Doortje gaven ze een prachtige armband, belegd met diamanten, en aan de Vogelverschrikker een wandelstok met een gouden knop, zodat hij niet meer zou struikelen. De Blikken Man kreeg een zilveren oliekan die was ingelegd met goud en bezet met dure juwelen. Elk van de reisgenoten hield op zijn beurt een mooi toespraakje voor de Wenkelingen en ze schudden handen tot het pijn deed.

Doortje liep nog even naar de kast van de Heks om haar mandje met eten te vullen voor onderweg, en daar zag ze de Gouden Kap. Ze deed hem op en merkte dat hij precies paste. Doortje kende de spreuk van de Gouden Kap niet, maar ze vond dat hij haar goed stond en besloot hem

114

te dragen en ze deed haar eigen kaphoed in het mandje.

Toen ze klaar waren voor de reis, vertrokken ze richting de Smaragd Stad, en de Wenkelingen juichten nog drie keer en gaven hun vele gelukwensen mee.

Hoofdstuk 14:

De Gevleugelde Apen

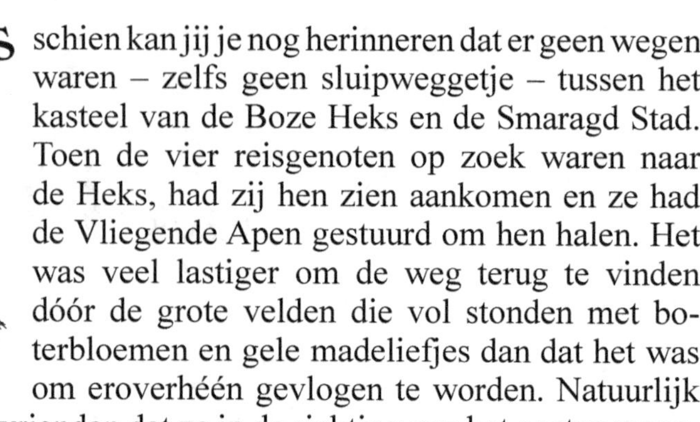

Misschien kan jij je nog herinneren dat er geen wegen waren – zelfs geen sluipweggetje – tussen het kasteel van de Boze Heks en de Smaragd Stad. Toen de vier reisgenoten op zoek waren naar de Heks, had zij hen zien aankomen en ze had de Vliegende Apen gestuurd om hen halen. Het was veel lastiger om de weg terug te vinden dóór de grote velden die vol stonden met boterbloemen en gele madeliefjes dan dat het was om eroverhéén gevlogen te worden. Natuurlijk wisten onze vrienden dat ze in de richting van het oosten moesten reizen, in de richting van de opgaande zon, en ze begonnen goed. Maar 's middags, toen de zon recht boven hen scheen, wisten ze niet meer wat oost of wat west was, en daarom verdwaalden ze in de grote velden. Desondanks bleven ze gewoon doorlopen en 's nachts kwam de maan op en scheen helder. Ze gingen tussen de zoet <u>riekende</u> gele bloemen liggen en sliepen als roosjes tot de volgende morgen – behalve de Vogelverschrikker en de Blikken Man.

De volgende morgen was de zon verscholen achter een wolk, maar toch gingen ze vastberaden op pad.

"Als we maar ver genoeg lopen," zei Doortje, "dan zullen we vanzelf wel ergens komen, denk ik."

Dagen achtereen zagen ze niets anders dan de gele velden voor zich uitgestrekt. De Vogelverschrikker begon een beetje te mopperen.

"We zijn zeker weten de weg kwijt," beklaagde hij zich, "en tenzij we die weer vinden zal ik nooit verstand krijgen."

"En ik geen hart," verklaarde de Blikken Man. "Ik kan niet wachten om bij Oz te komen, en je moet toegeven dat het wel een lange reis is."

"Weet je," zei de Laffe Leeuw op een huilerige toon, "ik heb er de moed niet voor om eeuwig door te lopen zonder iets te bereiken."

Toen zakte Doortje de moed in de schoenen. Ze ging in het gras zitten en keek haar vrienden aan, en zij gingen ook zitten en keken haar aan. Toto was voor het eerst in zijn leven te moe om een vlinder achterna te jagen die langs zijn hoofd vloog, dus liet hij zijn tong uit zijn bek hangen en begon hij te hijgen en toen keek hij naar Doortje alsof hij wilde vragen hoe het nu verder moest.

"Wat als we nu eens de Veldmuizen roepen," stelde ze voor. "Zij weten vast de weg naar de Smaragd Stad wel."

"Zeker weten," riep de Vogelverschrikker, "waarom dachten we daar niet eerder aan?"

Doortje blies op de kleine fluit die ze altijd om haar nek had gedragen sinds ze die van de Muizenkoningin had gekregen. Binnen een paar minuten hoorden ze het getrippel van kleine voetjes en kwamen vele kleine grijze muizen op haar afgerend. Onder hen was de Koningin zelf, die met haar kleine piepstemmetje vroeg:

"Wat kan ik voor mijn vrienden doen?"

"We zijn verdwaald," zei Doortje. "Kan u ons vertellen waar de Smaragd Stad is?"

"Natuurlijk," antwoordde de Koningin, "maar het is een behoorlijk eind weg, want jullie liepen er al een hele tijd precies in de tegenovergestelde richting." Toen viel haar de Gouden Kap van Doortje op en ze zei: "Waarom gebruik je de spreuk van de Kap niet en doe je een beroep op de Gevleugelde Apen om je te helpen? Ze kunnen jullie in minder dan een uur naar de Stad van Oz vliegen."

"Ik wist niet dat er spreuk was," antwoordde Doortje verbaasd. "Wat is de spreuk?"

"Hij is aan de binnenkant van de Gouden Kap geschreven," antwoordde de Koningin van de Veldmuizen. "Maar als je de Gevleugelde Apen roept moeten wij maken dat we wegkomen, ze zitten vol met apenstreken en ze vinden het erg leuk om ons te plagen."

"Zullen ze me geen pijn doen?" vroeg het meisje bezorgd.

"Welnee, ze moeten de drager van de Kap gehoorzamen. Tot ziens!" En ze rende ervandoor en de muizen volgden haar vlug.

Doortje keek aan de binnenkant van de Gouden Kap en zag dat er enkele woorden in de voering stonden geschreven. Dit moet de spreuk zijn, dacht ze, en ze zette de Kap op haar hoofd.

"Ep-pe, pep-pe, kak-ke!" zei ze terwijl ze op haar linkerbeen stond.

"Wat zei je?" vroeg de Vogelverschrikker, die niet in de gaten had wat Doortje aan het doen was.

"Hil-lo, hol-lo, hal-lo!" ging Doortje verder, maar nu stond ze op haar rechterbeen.

"Hallo!" antwoordde de Blikken Man kalmpjes.

"Ziz-zie, zoe-zie, zik!" zei Doortje, die nu op twee benen stond. En daarmee was de spreuk voltooid. Ze hoorden een groot geroezemoes en het klapperen van de vleugels toen de troep Gevleugelde Apen kwam aanvliegen. De Koning maakte een diepe buiging voor Doortje en vroeg:

"Wat kunnen we voor je doen?"

"We willen graag naar de Smaragd Stad," zei het meisje, "maar we zijn verdwaald."

"Wij zullen jullie dragen," antwoordde de Koning, en hij had nog maar amper deze woorden gesproken of hij vloog met haar weg. Enkele anderen pakten de Vogelverschrikker en de Blikken Man en de Leeuw en een kleine Aap nam Toto, die hem eerst nog hard probeerde te bijten, in zijn armen en vloog achter ze aan.

De Vogelverschrikker en de Blikken Man waren eerst nog bang voor de Apen, want ze waren niet vergeten hoe slecht de Gevleugelde Apen hen in het verleden hadden behandeld, maar ze merkten dat ze hen geen kwaad wilden doen, dus lieten ze zich vrolijk dragen en ze genoten van het uitzicht over de tuinen en wouden ver onder hen.
Doortje werd door twee van de grootste Apen gedragen, een daarvan was de Koning zelf, en het ging allemaal heel gemoedelijk. Ze hadden een zitting gemaakt van hun handen en ze waren heel voorzichtig.

"Waarom luisteren jullie naar de spreuk van de Gouden Kap?" vroeg Doortje.

"Dat is een lang verhaal," antwoordde de Koning met een lach, "maar we hebben een lange reis voor de boeg, dus om de tijd te doden zal ik het je vertellen, als je dat wilt."

"Ik wil het heel graag horen," zei ze.

"Eens," begon de leider, "waren we een vrij volk. We leefden gelukkig in een groot bos en we vlogen van boom tot boom, we aten noten en fruit, en we deden wat we wilden zonder iemand meester te noemen. Misschien zaten, op sommige momenten, enkelen van ons te vol kattenkwaad: ze vlogen omlaag en trokken de dieren die geen vleugels hadden aan hun staart, ze zaten de vogels achterna, en ze gooiden noten naar de mensen die door het bos liepen. Maar we waren zorgeloos en gelukkig en we hadden een heleboel plezier; we genoten van elke minuut van de dag. Dit was vele jaren geleden, lang voordat Oz uit de wolken kwam om over dit land te regeren.

Er woonde daar, ver in het Noorden, een mooie prinses, die ook een machtige tovenares was. Al haar magische krachten werden aangewend om haar volk te helpen en ze stond erom bekend dat ze nooit iemand iets aandeed die goed was. Haar naam was Fleuriëtte en ze woonde in een prachtig paleis dat was gebouwd van grote blokken robijnen.

Iedereen hield van haar, maar haar grootste verdriet was dat ze niemand kon vinden om zelf van te houden, want alle mannen waren veel te dom en veel te lelijk om te paren met iemand die zo mooi en wijs was als prinses Fleuriëtte. Uiteindelijk vond ze toch een jongen die knap en mannelijk was en wijs voor zijn leeftijd. Fleuriëtte besloot dat als hij tot een man zou zijn opgegroeid, ze dan met hem zou trouwen. Ze nam hem mee naar haar robijnen paleis en gebruikte al haar magische krachten om hem zo sterk, goed en liefelijk te maken als een vrouw zich maar kon wensen. Toen Quelala, zoals zijn naam was, volwassen werd, werd er van hem gezegd dat hij de beste en wijste man in heel het land was. Vanwege zijn mannelijke schoonheid hield Fleuriëtte zielsveel van hem en ze haastte zich om alles in gereedheid te brengen voor de bruiloft.

Mijn grootvader was destijds Koning van de Gevleugelde Apen die in een bos vlak bij het paleis van Fleuriëtte leefden, en de beste man vond een goede grap beter dan een goed diner. Op een dag, vlak voor de bruiloft, vloog mijn grootvader met zijn troep wat in de rondte toen ze Quelala bij de rivier zagen lopen. Hij droeg een prachtig kostuum van roze zijde en paars fluweel, en mijn grootvader vroeg zich af of hij een grap met de man zou kunnen uithalen. Op zijn aanwijzing vloog de troep op hem af en ze pakten Quelala en droegen hem tussen hun armen tot ze boven het midden van de rivier waren, en ze lieten hem toen in het water vallen.

'Zwem naar de kant, jongeman,' riep mijn grootvader, 'en kijk eens of het water je kleren heeft bevlekt.' Quelala was wijs genoeg om te weten dat hij wel moest zwemmen, en hij was geen verwende snotneus geworden, ondanks dat het leven goed voor hem was geweest. Hij lachte toen hij boven water kwam en zwom naar de oever. Maar Fleuriëtte kwam naar hem toe gesneld en zag dat zijn pak geruïneerd was door het water.

De prinses was verschrikkelijk boos en ze wist natuurlijk wie de schuldigen waren. Ze liet alle Gevleugelde Apen bij zich brengen, en ze zei dat de vleugels van de Apen eerst vastgebonden moesten worden en dat ze dan, net als Quelala, in de rivier gegooid moesten worden. Maar mijn grootvader smeekte haar om dat niet te doen, want hij wist dat de Apen zouden verdrinken als hun vleugels vastgebonden waren. Quelala deed een goed woordje voor hen en Fleuriëtte spaarde daarom hun leven, op voorwaarde dat de Gevleugelde Apen daarna altijd drie keer de wensen van de eigenaar van de Gouden Kap moesten opvolgen.

122

De Kap was een huwelijksgeschenk aan Quelala, en men zegt dat die de prinses haar halve koninkrijk heeft gekost. Natuurlijk gingen mijn grootvader en al de andere Apen meteen akkoord met die voorwaarde, en dat is hoe we de slaven van de eigenaar van de Gouden Kap zijn geworden."

"Wat is er van ze terechtgekomen?" vroeg Doortje, die met grote belangstelling naar het verhaal had geluisterd.

"Quelala was de eerste eigenaar van de Gouden Kap," antwoordde de Aap, "en hij was de eerste die zijn wil aan ons oplegde. Zijn bruid kon ons niet uitstaan, dus riep hij ons nadat hij getrouwd was in het bos bij zich en beval ons uit het zicht van Prinses Fleuriëtte te blijven, zodat zij nooit meer een Gevleugelde Aap hoefde te zien, en dat deden we graag, want we waren doodsbang voor haar.

Dat was alles wat we ooit hoefden te doen, totdat de Gouden Kap in handen viel van de Boze Heks van het Westen. Haar moesten we helpen om de Wenkelingen tot slaven te maken, en daarna moesten we Oz zelf uit het Land van het Westen verdrijven. Nu is de Gouden Kap van jou en heb je het recht om je wil aan ons op te leggen."

Toen de Apenkoning was uitgesproken, keek Doortje omlaag en zag ze de glimmende groene muren van de Smaragd Stad voor hen liggen. Ze verwonderde zich over de snelle vlucht van de Apen, maar ze was blij dat de reis over was. De vreemde Apen zetten de reisgenoten voorzichtig af bij de poort van de Stad. De Koning maakte een diepe buiging voor Doortje en hij vloog er vliegensvlug weer vandoor, gevolgd door zijn troep.

"Het was een goede rit," zei het meisje.

"Ja, en geluk bij een ongeluk," zei de Leeuw, "dat je die mooie Kap mee had genomen!"

Hoofdstuk 15

De Geheimen

van

Oz de Verschrikkelijke

e vier reisgenoten liepen naar de grote poort van de Smaragd Stad en trokken aan de bel. Nadat ze een paar keer aan de bel hadden getrokken, deed de Bewaker van de Poort, die ze al eerder hadden ontmoet, de poort open.

"Wat! Zijn jullie nu al terug?" vroeg hij verbaasd.

"Zie je ons dan niet?" antwoordde de Vogelverschrikker.

"Maar ik dacht dat jullie op bezoek gingen bij de Boze Heks van het Westen."

"We brachten haar inderdaad een bezoek," zei de Vogelverschrikker.

"En ze heeft jullie weer laten gaan?" vroeg de man perplex.

"Ze kon er niets aan doen, want ze is gesmolten," legde de Vogelverschrikker uit.

"Gesmolten?! Nou, dat is goed nieuws," zei de man. "Wie heeft haar gesmolten?"

"Dat heeft Doortje gedaan," zei de Leeuw ernstig.

"Goeie genade!" riep de man, en hij maakte een diepe buiging voor haar.

Daarna bracht hij hen naar zijn kleine kamer en deed de brillen, die in de grote kist zaten, om hun hoofden, net zoals hij eerder had gedaan. Daarna gingen ze door de poort de Smaragd Stad binnen, en toen de mensen van de Bewaker van de Poort hoorden dat zij de Boze Heks van het Westen hadden gesmolten, liep er een grote menigte achter de reizigers aan naar het Paleis van Oz.

De soldaat met de groene baard en snor stond nog steeds op wacht voor de deur, maar hij liet ze meteen binnen en daar ontmoetten ze het mooie groene meisje weer, dat de gasten weer naar hun oude kamers bracht, waar ze konden rusten tot de Grote Oz ze wilde ontvangen.

De soldaat had het nieuws dat Doortje en haar reisgenoten terug waren gekomen en de Boze Heks hadden vernietigd ogenblikkelijk naar Oz gebracht, maar Oz reageerde niet. Ze dachten dat Oz hen meteen bij zich zou laten roepen, maar dat gebeurde niet. Oz liet helemaal niets van zich horen, niet de volgende dag of de dag erna en zelfs niet de dag daarna. Het wachten was vervelend en vermoeiend, en uiteindelijk werden ze er boos om dat Oz hen nu zo slecht behandelde terwijl ze er door hém op uitgestuurd waren om vreselijke <u>ontberingen</u> en slavernij te ondergaan. Ten slotte vroeg de Vogelverschrikker het groene meisje om nog een boodschap naar Oz te brengen. Hij zei dat ze de Gevleugelde Apen zouden roepen om uit te vinden of hij zijn belofte na zou komen als hij hen niet ogenblikkelijk wilde ontvangen. Toen de Tovenaar dit bericht ontving, werd hij zo bang dat hij liet weten dat hij hen de volgende morgen om vier minuten over negen in de Troonzaal zou ontvangen. Hij had al eens kennisgemaakt met de Gevleugelde Apen in het Land van het Westen en hij had geen behoefte aan een nadere kennismaking.

De vier reizigers hadden een slapeloze nacht, en elk van hen dacht aan de belofte die Oz had gedaan. Doortje viel maar even in slaap, en toen droomde ze dat ze weer in Kansas was, waar tante Emma haar vertelde hoe blij ze was dat ze haar kleine meid weer terug had gevonden.
 Stipt om negen uur de volgende morgen kwam de bebaarde soldaat hen halen en vier minuten later liepen ze allemaal de Troonzaal van de Grote Oz binnen.

Natuurlijk gingen ze er elk van uit dat ze de Tovenaar zouden zien in de vorm die hij eerder had aangenomen, en ze waren dan ook allemaal zeer verbaasd toen ze niemand zagen in de zaal. Ze bleven dicht bij de deur en dichter bij elkaar, want de stilte in de lege zaal was nog ondraaglijker dan de vormen waarin Oz eerder in was verschenen.

Toen hoorden ze een luide Stem, die ogenschijnlijk vanuit de top van de koepel kwam, en die ernstig zei:

"Ik ben Oz, de Grote en Verschrikkelijke. Waarom bezoeken jullie mij?"

Ze keken nog eens om zich heen, maar toen ze niemand zagen, vroeg Doortje:

"Waar bent u?"

"Ik ben overal en ik ben nergens," antwoordde de Stem, "maar voor de ogen van de gewone sterveling ben ik onzichtbaar. Ik zal nu op mijn troon gaan zitten, zodat jullie met me kunnen spreken."

Inderdaad, de stem leek op dat moment regelrecht van de troon zelf te komen. Ze liepen op de troon af en gingen op een rij staan terwijl Doortje zei:

"O, Oz, wij komen uw belofte opeisen."

"Welke belofte?" vroeg Oz.

"U beloofde mij terug naar Kansas te helpen als de Boze Heks was vernietigd," zei het meisje.

"En u beloofde mij verstand," zei de Vogelverschrikker.

"En u beloofde mij een hart," zei de Blikken Man.

"En u beloofde mij moed te geven," zei de Laffe Leeuw.

"Is de Boze Heks werkelijk vernietigd?" vroeg de Stem, en Doortje meende dat hij een beetje beefde.

"Ja," antwoordde ze, "ik heb haar gesmolten met een emmer water."

"O jee," zei de stem, "wat onverwachts! Goed, kom morgen maar terug, ik moet er eerst over nadenken."

"Je hebt tijd genoeg gehad om erover na te denken," zei de Blikken Man boos.

"We zullen nog geen dag langer wachten," zei de Vogelverschrikker.

"Je moet je belofte nakomen!" riep Doortje.

De Leeuw dacht dat het misschien zou helpen als hij de Tovenaar bang zou maken, en hij brulde zo luid en verschrikkelijk dat Toto bij hem weg sprong en het scherm, dat in een hoek stond, omver stootte. Toen het scherm met een plof op de grond terechtkwam keken ze die kant op, en een moment later waren ze stom van verbazing. Want ze zagen, waar zojuist nog het scherm had gestaan, een kleine oude man met een kaal hoofd en een gerimpeld gezicht, en hij leek net zo verbaasd te zijn als zij. De Blikken Man, die zijn bijl ophief, haastte zich naar de kleine man en riep uit:

"Wie ben jij?"

"Ik ben Oz, de Grote en Verschrikkelijke," zei de kleine man met een trillende stem, "maar doe me niks – alsjeblieft doe me niets! – en ik zal alles doen wat je wilt."

Onze vrienden keken hem verrast en ontsteld aan.

"Ik dacht dat Oz een groot hoofd was," zei Doortje.

"En ik dacht dat Oz een liefelijke Dame was," zei de Vogelverschrikker.

"En ik dacht dat Oz een verschrikkelijk Beest was," zei de Blikken Man.

"En ik dacht dat Oz een Bal van Vuur was," riep de Leeuw.

"Nee, jullie hebben het allemaal verkeerd," zei de kleine man beschaamd. "Ik liet het jullie geloven."

"Liet geloven!" riep Doortje. "Bent u geen grote Tovenaar?"

"Ssst, niet zo hard meisje," zei hij, "of je zal gehoord worden – en dan ben ik er geweest. Men denkt dat ik een Grote Tovenaar ben."

"Bent u dat dan niet?" vroeg ze.

"Niet in het minst, liefje, ik ben maar een gewone man."

"Je bent wel meer dan dat," zei de Vogelverschrikker op een droevige toon, "je bent een grote <u>kolder</u>."

"Inderdaad, dat is zo!" verklaarde de kleine man, die in zijn handen wreef alsof hij er blij mee was, "ik ben een koldertovenaar."

"Maar dat is verschrikkelijk," zei de Blikken Man, "hoe moet ik nu ooit een hart krijgen?"

"Of ik mijn moed?" vroeg de Leeuw.

"Of ik mijn verstand?" huilde de Vogelverschrikker, die met de mouw van zijn jasje de tranen wegveegde.

"Waarde vrienden," zei Oz, "ik smeek jullie, spreek niet over deze kleine dingen. Denk eens aan mij en de verschrikkelijke problemen die ik heb nu ik ben ontmaskerd."

"Weet iemand anders dat je een koldertovenaar bent?" vroeg Doortje.

"Nee, niemand behalve jullie vier – en ikzelf," antwoordde Oz. "Ik heb iedereen zo lang voor de gek gehouden dat ik dacht dat niemand er ooit achter zou komen. Het was een grote vergissing om jullie ooit in de Troonzaal toe te laten. Normaal gesproken kom ik zelfs mijn onderdanen niet onder ogen, dus geloven ze dat ik iets verschrikkelijks ben."

"Maar ik begrijp het niet," zei Doortje verbijsterd. "Hoe kan het dan zijn dat u een groot Hoofd was toen ik in de Troonzaal was?"

"Dat was een van mijn foefjes," antwoordde Oz. "Kom deze kant op, alsjeblieft, en ik zal jullie er alles over vertellen."

Hij leidde hen naar een kleine kamer achter in de Troonzaal, en ze volgden hem. Hij wees naar een hoek waar een Groot Hoofd, gemaakt van dikke lagen papier, lag met een zorgvuldig beschilderd gezicht.

"Dit hing ik aan een draad aan het plafond," zei Oz. "Ik stond achter het scherm en trok aan een draad om de ogen te laten bewegen en de mond te openen."

"Maar hoe zit het dan met de stem?" vroeg Doortje.

"O, maar ik ben een buikspreker," zei de kleine man, "en ik kan het geluid van mijn stem overal laten klinken waar ik wil. Zo leek het alsof de stem van het hoofd kwam. En hier staan de andere dingen waarmee ik jullie om de tuin leidde."

Hij liet de Vogelverschrikker de jurk en het masker zien die hij

had gedragen toen hij de liefelijke Dame
scheen te zijn, en de Blikken Man zag
dat het Verschrikkelijke Beest niets meer
was dan een stel aan elkaar genaaide hui-
den met latten om ze op spanning te houden. Wat betreft de Bal van Vuur, die had
de bedrieglijke Tovenaar ook met een
koord aan het plafond gehangen. Het was
in werkelijkheid een bal van katoen, en
met wat lampenolie eroverheen gegoten
brandde die woest.

"Te gek voor woorden," zei de Vogelverschrikker. "Schaam jij je
niet dat je zo'n kolder bent?"

"Jazeker, ik schaam mij diep," antwoordde de kleine man bedroefd, "maar het was het enige dat ik kon doen. Ga toch zitten, alsjeblieft, er zijn genoeg stoelen, dan zal ik jullie mijn verhaal vertellen."

Ze gingen zitten en luisterden naar het volgende verhaal:

"Ik ben geboren in Omaha ..."

"Maar dat is niet ver van Kansas!" riep Doortje.

"Nee, dat klopt, maar hier is het heel ver vandaan," zei hij terwijl hij bedroefd zijn hoofd schudde. "Toen ik opgroeide werd ik een
buikspreker, en ik was goed opgeleid door een grote meester. Ik kan elke
vogel of elk beest nadoen." En hij miauwde als een kat, zo echt dat Toto
zijn oren spitste en om zich heen keek om te zien waar de kat was. "Na
verloop van tijd," ging Oz verder, "werd ik het zat, en werd ik ballon-
vaarder."

"Wat is dat?" vroeg Doortje.

"Een man die op de dag van het circus in een ballon omhoog gaat
om de mensen naar het circus te lokken," legde hij uit.

"O," zei ze, "dat ken ik wel."

"Op een dag ging ik in de ballon naar boven en de touwen raakten
in de war, waardoor ik niet meer naar beneden kon. De ballon kwam zelfs
zo hoog dat hij boven de wolken door de wind vele, vele mijlen werd
meegevoerd. Een dag en een nacht voer ik door de lucht, en op de ochtend van de tweede dag werd ik wakker boven een vreemd en prachtig
land.

De ballon zakte langzaam naar beneden en ik had geen greintje
pijn. Ik bevond me tussen vreemde mensen die, toen ze me uit de wolken

130

zagen komen, dachten dat ik een grote Tovenaar was. Natuurlijk liet ik ze in die waan, omdat ze bang voor me waren en beloofden alles te doen wat ik zou willen.

Gewoon om mezelf te amuseren, en om de goede mensen bezig te houden, beval ik hun een Stad te bouwen en mijn paleis, en dat deden ze met genoegen – en nog goed ook bovendien. Toen bedacht ik, omdat het land zo groen en mooi was, dat ik de stad de Smaragd Stad zou noemen, en om die naam kracht bij te zetten liet ik alle mensen groene brillen op- zetten, zodat alles wat ze zagen groen leek."

"Is dan niet alles wat ik zie groen?" vroeg Doortje.

"Niet meer dan in andere steden," antwoordde Oz, "maar natuur- lijk lijkt alles wat je ziet groen als je groene brillen draagt. De Smaragd Stad werd lang geleden gebouwd, want ik was een jongeman toen de bal- lon me hier bracht en ik ben nu een oude man. Maar mijn volk draagt de groene bril al zo lang dat de meesten denken dat het werkelijk een Sma- ragd Stad is. Het is zeker een bijzonder mooie plek, badend in juwelen en edele metalen, en alle goede dingen die men in het leven nodig heeft. Ik ben altijd goed voor de mensen geweest en ze houden van me; maar toen het paleis was afgebouwd heb ik mezelf erin opgesloten en wilde ik niemand onder ogen komen.

Ik was vooral bang voor de Heksen. Ik heb helemaal geen ma- gische krachten en ik zou er al snel achter komen dat de Heksen echt wonderlijke dingen konden doen. Er waren vier van hen in dit land, en zij regeerden over de volken in het Noorden en het Zuiden en het Oosten en Westen. Gelukkig zijn de Heksen van het Noorden en Zuiden Goede Heksen, en ik wist dat zij mij niets zouden doen. Maar de Heksen van het Oosten en het Westen zijn verschrikkelijk verdorven Boze Heksen, en als zij niet hadden gedacht dat ik vele malen machtiger was dan zijzelf, dan hadden ze mij zeker vernietigd. En zo leefde ik, vele jaren, in grote angst voor de Heksen. Je kan je wel indenken hoe opgelucht ik was toen ik hoorde dat jouw huis op de Boze Heks van het Oosten was gevallen. Toen je hier kwam, was ik bereid je alles te beloven als je me maar van de andere Heks kon verlossen. Maar nu je haar hebt gesmolten, schaam ik mij omdat ik moet toegeven dat ik geen van mijn beloften kan nakomen."

"Ik vind je een slechte man," zei Doortje.

"Maar nee, liefje, ik ben echt een goede man, maar ik ben een slechte Tovenaar, dat moet ik toegeven."

"Kan je me geen verstand geven?" vroeg de Vogelverschrikker

"Die heb je niet nodig. Je leert elke dag iets bij. Zelfs een baby heeft verstand, al weet hij niet veel. Ervaring kweekt verstand, en hoe langer je op aarde bent, hoe meer ervaring je krijgt, dat weet ik zeker."

"Dat mag dan allemaal wel waar zijn," zei de Vogelverschrikker, "maar ik zal niet gelukkig zijn tot je mij verstand geeft."

De neptovenaar keek hem aandachtig aan.

"Goed," zei hij met een zucht, "ik stel niet veel voor als magiër, zoals ik al zei, maar als je morgen terug wilt komen dan zal ik je hoofd vullen met verstand. Ik kan je niet vertellen hoe je dat verstand kan gebruiken, daar moet je zelf achter zien te komen."

"O, dank u, dank u wel!" riep de Vogelverschrikker. "Ik zal een manier vinden om het te gebruiken, wees daar maar zeker van!"

"Hoe zit het dan met mijn moed?" vroeg de Leeuw opgewonden.

"Je bent moedig genoeg, dat weet ik zeker," antwoordde Oz. "Wat jij nodig hebt, is vertrouwen in jezelf. Er is geen levend wezen dat niet bang is wanneer er gevaar dreigt. Echte moed is het gevaar de kop bieden als je bang bent, en zulke moed heb je in overvloed."

"Misschien is dat zo, maar ik ben nog net zo bang," zei de Leeuw. "En ik zal doodongelukkig zijn tenzij je me een soort moed geeft dat iemand doet vergeten dat hij bang is."

"Goed dan, ik zal je morgen dat soort moed geven," antwoordde Oz.

"En hoe zit het met mijn hart?" vroeg de Blikken Man.

"Wat dat betreft," antwoordde Oz, "denk ik dat je beter af bent zonder hart. Het maakt de meeste mensen erg ongelukkig. Kon je maar begrijpen hoeveel mazzel je hebt door geen hart te hebben."

"Dat is uw mening," zei de Blikken Man. "Wat mij betreft, ik zal al het verdriet zonder morren op de koop toe nemen, als je me een hart wilt geven."

"Goed dan," antwoordde Oz gedwee. "Kom morgen maar terug en ik zal je een hart geven. Ik heb zo veel jaren voor Tovenaar gespeeld dat nog een paar extra dagen ook niet uitmaken."

"En hoe kom ik terug in Kansas?" vroeg Doortje.

"Daar zullen we over na moeten denken," antwoordde de kleine man. "Geef me een dag of twee, drie om over de zaak te peinzen en ik zal proberen een manier te vinden om je over de woestijn te krijgen. In de tussentijd zullen jullie behandeld worden als mijn gasten, en zolang jullie in het Paleis wonen zal mijn volk zelfs jullie kleinste wens gehoorzamen.

Het enige dat ik voor mijn gastvrijheid terugvraag is dat jullie mijn geheim bewaren en aan niemand vertellen dat ik een koldertovenaar ben."

Ze beloofden niets te vertellen van wat ze nu wisten en ze gingen, goedgemutst, terug naar hun kamers. Zelfs Doortje had er goede hoop op dat "De Grote en Verschrikkelijke Kolder," zoals zij hem nu noemde, een manier zou vinden om haar terug naar Kansas te helpen gaan, en als hij dat deed was ze bereid hem alles te vergeven.

Hoofdstuk 16:

De Toverkunsten van de Grote Kolder

e volgende morgen zei de Vogelverschrikker tegen zijn vrienden:

"Feliciteer mij. Ik ga naar Oz en zal eindelijk mijn verstand krijgen. Als ik terugkom, zal
ik verstandig zijn, net zoals andere mannen dat
zijn."

"Ik heb altijd van je gehouden zoals je
was," zei Doortje eenvoudig.

"Het is lief van je dat je van een Vogelver-
schrikker houdt," antwoordde hij. "Maar je zal werkelijk versteld staan
van de geweldige gedachten die mijn nieuwe verstand zal uitdenken."
Toen zei hij gedag en ging naar de Troonzaal, waar hij op de deur klopte.

"Kom binnen," zei Oz.

De Vogelverschrikker ging naar binnen en trof de kleine man zittend bij het raam, in diepe gedachten verzonken.

"Ik ben gekomen voor mijn verstand," merkte de Vogelverschrikker een beetje ongemakkelijk op.

"O ja, natuurlijk. Wil je alsjeblieft in die stoel gaan zitten?" antwoordde Oz. "Je moet me vergeven dat ik je hoofd eraf haal, maar het is
nodig om het verstand de juiste plaats te geven."

"Dat is niet erg," zei de Vogelverschrikker. "Graag zelfs, als mijn
hoofd een beter hoofd is als je het terugplaatst."

De Tovenaar maakte het hoofd los en haalde het stro eruit. Daarna liep hij naar het achterkamertje en nam een flinke maat zemelen en
mixte die met een grote hoeveelheid spelden en naalden. Nadat hij het
geheel goed door elkaar had gehusseld, stopte hij het mengsel boven in
het hoofd van de Vogelverschrikker en vulde de rest op met stro, om het
verstand op zijn plaats te houden. Toen hij het hoofd van de Vogelverschrikker weer aan het lichaam had bevestigd zei hij tegen hem:

"Vanaf nu ben je een groot man, want ik heb je een spikspelder-
nieuw verstand gegeven."

De Vogelverschrikker was zowel blij als trots dat zijn vurige wens
eindelijk in vervulling was gegaan en hij bedankte Oz hartelijk en ging
terug naar zijn vrienden.

Doortje keek hem nieuwsgierig aan. Zijn hoofd bolde aan de top,
zo veel verstand zat erin.

"Hoe voel je je?" vroeg ze.

"Ik voel me inderdaad verstandig," zei hij ernstig. "Als ik een-

maal aan mijn verstand ben gewend, zal ik alles weten."

"Waarom steken die naalden en spelden uit je hoofd?" vroeg de Blikken Man.

"Dat bewijst dat hij scherpzinnig is," merkte de Leeuw op.

"Welnu, nu moet ik naar Oz gaan om mijn hart te krijgen," zei de Blikken Man. Hij liep naar de Troonzaal en klopte op de deur.

"Kom binnen," riep Oz, en de Blikken Man liep naar binnen en zei:

"Ik ben gekomen voor mijn hart."

"Uitstekend," antwoordde de kleine man. "Maar ik moet een gat maken in je borst, zodat ik het hart op de juiste plek kan plaatsen. Ik hoop dat het je geen pijn doet."

"O, nee hoor," antwoordde de Blikken Man, "ik zal helemaal niets voelen."

Oz nam een blikopener en maakte een klein, vierkant gat aan de linkerkant van de borst van de Blikken Man. Toen liep hij naar een ladekast en pakte een mooi hart, helemaal gemaakt van zijde en gevuld met zaagsel.

"Is het niet een bijzonder mooi hart?" vroeg hij.

"Dat is het zeker!" antwoordde de Blikken Man, die heel erg blij was. "Maar is het een vriendelijk hart?"

"Jazeker!" antwoordde Oz. Hij plaatste het hart in de borst van de Blikken Man en soldeerde het vierkante gat op de naden weer dicht.

"Zo," zei hij, "nu heb je een hart waar menig man trots op zou zijn. Het spijt me dat ik een litteken heb moeten maken op je borst, maar het kon niet anders."

"Het maakt mij niet uit," verklaarde de dolgelukkige Blikken Man. "Ik ben je eeuwig dankbaar en ik zal nooit vergeten wat je voor mij hebt gedaan."

"Geen dank," antwoordde Oz.

Toen ging de Blikken Man terug naar zijn vrienden, die hem het beste wensten met zijn nieuwe hart.

De Leeuw liep nu naar de Troonzaal en klopte op de deur.

"Kom binnen," zei Oz.

"Ik kom voor mijn moed," verkondigde de Leeuw toen hij de kamer binnen kwam lopen.

"Maar natuurlijk," antwoordde de kleine man, "ik zal het voor je halen."

Hij ging naar een kast en pakte van een hoge plank een groene, vierkante fles, waarvan hij de inhoud in een prachtig gegraveerde, groengouden schaal goot. Hij zette de schotel voor de Leeuw neer, die er wantrouwend aan snoof. De Tovenaar zei:

"Drink."

"Wat is het?" vroeg de Leeuw.

"Tsja," antwoordde Oz, "als het binnen in jou zat zou het moed zijn. Je weet natuurlijk dat moed altijd binnen in iemand zit, dus dit kan werkelijk geen moed worden genoemd tot je het hebt doorgeslikt. Daarom adviseer ik je het zo snel mogelijk op te drinken."

De Leeuw twijfelde niet langer en dronk tot de schaal helemaal leeg was.

"Hoe voel je je?" vroeg Oz.

"Gevuld met moed," antwoordde de Leeuw, die vrolijk terugkeerde naar zijn vrienden om het goede nieuws te vertellen.

Oz, die alleen achterbleef, glimlachte toen hij dacht aan hoe het gelukt was om de Vogelverschrikker, de Blikken Man en de Leeuw datgene te geven waarvan zij dachten dat ze het graag wilden hebben. "Hoe kan ik het helpen dat ik een koldertovenaar ben," zei hij, "als deze mensen mij dingen laten doen waarvan iedereen weet dat het niet kan? Het was gemakkelijk om de Vogelverschrikker, de Blikken Man, de Leeuw en de Houthakker blij te maken, zij dachten dat ik alles kon. Maar het kost meer dan wat fantasie om Doortje terug naar Kansas te krijgen, en ik heb geen idee hoe dat gedaan zou kunnen worden."

Hoofdstuk 17:

Hoe de Ballon opsteeg

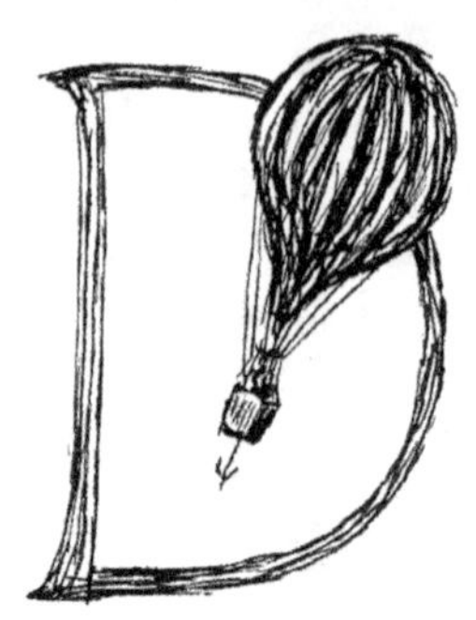rie dagen lang hoorde Doortje niets van Oz. Dit waren droevige dagen voor het meisje, al waren haar vrienden best blij en tevreden. De Vogelverschrikker vertelde dat hij wonderlijke gedachten in zijn hoofd had, maar hij wilde niet zeggen wat die gedachten waren, want hij wist dat niemand ze begreep behalve hijzelf. Als de Blikken Man rondliep, voelde hij zijn hart rammelen in zijn borst; en hij vertelde Doortje dat hij ontdekt had dat het hart vriendelijker en zachtaardiger was dan zijn eigen hart dat hij had gehad toen hij nog van vlees en bloed was. De Leeuw verklaarde voor niets en niemand bang te zijn op deze aarde, en hij zou elke vijand, of het nu mensen of een dozijn Kalidahs waren, aankunnen. Dus elk lid van het kleine reisgenootschap was tevreden, behalve Doortje, die er nu meer dan ooit naar verlangde om thuis in Kansas te zijn.

Tot haar grote vreugde liet Oz haar op de vierde dag ontbieden, en toen ze de Troonzaal binnenkwam zei hij vriendelijk:

"Ga zitten, mijn lieve kind, ik denk dat ik een manier heb gevonden om je uit dit land te krijgen."

"Helemaal terug naar Kansas?" vroeg ze opgewonden.

"Ik ben niet zo zeker over Kansas," zei Oz, "want ik heb geen idee welke kant dat op is. Het is de hoofdzaak om over de woestijn te komen, daarna zou het gemakkelijk moeten zijn om de weg naar huis te vinden."

"Maar hoe kom ik dan over de woestijn?" vroeg ze.

"Ik zal je vertellen wat ik denk," zei de kleine man. "Zie je, toen ik naar dit land kwam, bevond ik mij in een ballon. Jij kwam ook door de lucht, je huis werd gebracht door een cycloon. Ik geloof dus dat de beste manier om de woestijn over te steken door de lucht is. Het ligt niet binnen mijn macht om een cycloon te creëren, maar ik zat over de zaak na te denken en ik geloof dat ik wel een ballon kan maken."

"Hoe dan?" vroeg Doortje.

"Een ballon," zei Oz, "is gemaakt van zijde dat is ingesmeerd met lijm om het gas binnen te houden. Ik heb genoeg zijde in het Paleis, dus zal het geen probleem zijn om een ballon te maken. Maar in heel dit land is geen gas om de ballon mee te vullen zodat hij kan zweven."

"Maar als hij niet wil zweven," zei Doortje, "dan hebben we er ook niets aan."

"Dat is waar," antwoordde Oz. "Maar er is een andere manier

om hem te laten zweven: we kunnen de ballon met hete lucht vullen. Maar hete lucht is niet zo goed als gas, en als het afkoelt zouden we weleens in de woestijn kunnen neerkomen, en dan zijn we verloren."

"We!" riep het meisje uit. "Gaat u met me mee?"

"Ja, natuurlijk," antwoordde Oz. "Ik ben het zat om een koldertovenaar te zijn. Als ik het Paleis verlaat zal mijn volk er snel achter komen dat ik geen Tovenaar ben en ze zullen boos zijn omdat ik ze heb bedrogen. Ik ga liever met jou mee terug naar Kansas en weer in het circus werken, dan dat ik in deze kamers opgesloten moet blijven – het begint me hier te vervelen."

"Het zal me een genoegen zijn u als reisgenoot te hebben," zei Doortje.

"Dank je wel," antwoordde hij. "Als je me wilt helpen de zijde aan elkaar te naaien, dan beginnen we dadelijk met het maken van de ballon."

Doortje pakte een naald en draad, en zo snel als Oz de zijde in lappen van het juiste formaat kon knippen, naaide het meisje de zijden lappen netjes aan elkaar. Eerst was er een lap lichtgroene zijde, toen een lap donkergroene en toen een lap smaragdgroene zijde, want Oz wilde graag dat de ballon diverse tinten groen zou hebben. Het kostte drie dagen om de lappen aan elkaar te naaien, maar toen het klaar was hadden ze een grote zak van groene zijde die meer dan twintig voet lang was.

Toen besmeerde Oz de binnenzijde met een laagje lijm, om die luchtdicht te maken, waarna hij zei dat de ballon klaar was.

"Maar we moeten nog een mand hebben om in te reizen," zei hij. Dus zond hij de soldaat met de groene baard en snor eropuit om een grote wasmand te halen, die hij daarna met vele touwen aan de onderkant van de ballon vastzette.

Toen hij klaar was liet Oz zijn volk weten dat hij een bezoek wilde brengen aan een grote collega-tovenaar die hoog in de wolken woonde. Het nieuws verspreidde zich als een lopend vuurtje en iedereen kwam naar dit wonderlijke moment kijken.

Oz beval dat de ballon naar buiten gebracht en voor het paleis geplaatst moest worden, en de mensen staarden er nieuwsgierig naar. De Blikken Man had een grote stapel hout gehakt, en nu maakte hij er een vuur van, en Oz hield de onderkant van de ballon over het vuur zodat de hete lucht de zijden zak kon vullen. Langzaam zwol de ballon op en kwam hij omhoog, de lucht in, tot de mand nog maar nauwelijks de grond raakte.

Toen klom Oz in de mand en zei met een luide stem tegen zijn volk:

"Ik ga weg om op visite te gaan. Terwijl ik weg ben zal de Vogelverschrikker jullie regent zijn. Ik beveel jullie hem te dienen zoals jullie mij zouden dienen."

De ballon rukte nu hard aan de touwen waarmee de mand op de grond werd gehouden, want de lucht in de ballon was heet en dit maakte de ballon lichter in gewicht dan de koele lucht eromheen, en de ballon wilde nu uit alle macht de lucht in.

"Kom Doortje!" riep de Tovenaar. "Schiet op, anders vliegt de ballon ervandoor."

"Ik kan Toto nergens vinden," riep Doortje, die niet wilde vertrekken zonder haar hondje. Toto was het publiek in gerend toen hij een jong poesje achterna zat, maar uiteindelijk vond Doortje hem. Ze pakte hem op en rende naar de ballon.

Ze was maar een paar stappen van de ballon verwijderd, en Oz hield zijn armen uitgestrekt om haar de mand in te helpen, toen de touwen plots krak! zeiden, en de ballon de lucht in schoot zonder haar.

"Kom terug!" schreeuwde ze. "Ik wil ook mee!"

"Ik kan niet terugkomen, mijn lief," riep Oz vanuit de mand. "Vaarwel!"

"Vaarwel!" riep iedereen, en alle ogen keken naar boven naar waar de Tovenaar, in de mand, steeds hoger en hoger de lucht in steeg.

En dat was het laatste dat zij ooit van Oz, de Wonderbaarlijke Tovenaar, zagen. Misschien heeft hij Omaha veilig bereikt en is hij daar nu, wie zal het zeggen? Maar de mensen hadden goede herinneringen aan hem en ze zeiden tegen elkaar:

"Oz was altijd onze vriend. Toen hij hier was bouwde hij deze prachtige Smaragd Stad, en nu hij weg is heeft hij de Wijze Vogelverschrikker aangewezen om ons te regeren."

Toch waren de mensen nog dagenlang bedroefd over het vertrek van hun Wonderbaarlijke Tovenaar en ze waren ontroostbaar.

Hoofdstuk 18:

Op naar het Zuiden

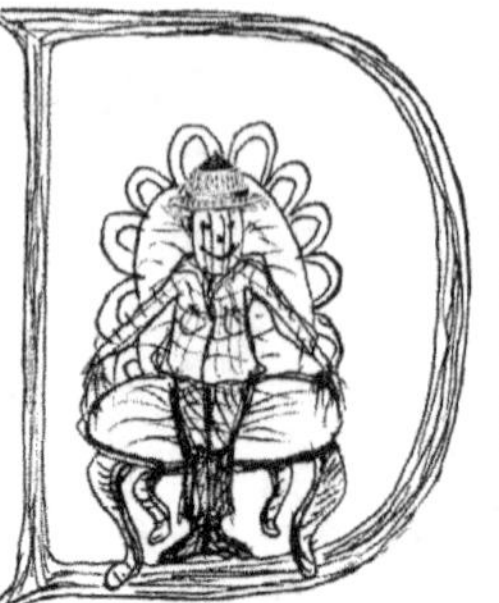oortje huilde bittere tranen nu haar hoop om ooit weer thuis in Kansas te komen was vervlogen, maar toen ze het allemaal nog eens overdacht had, was ze toch blij dat ze niet in de ballon omhoog was gegaan. En ook zij voelde zich bedroefd door het vertrek van Oz, evenals haar vrienden.

De Blikken Man ging naar haar toe en zei:

"Ik zou werkelijk ondankbaar zijn als ik geen verdriet had om de man die mij mijn prachtige hart gaf. Ik wil graag een beetje huilen omdat Oz is vertrokken, wil jij mijn tranen drogen, zodat ik niet zal roesten?"

"Maar natuurlijk," antwoordde ze, en ze pakte meteen een handdoek. Toen huilde de Blikken Man enkele minuten, en Doortje zorgde dat de tranen werden weggepoetst met de handdoek. Toen hij uitgehuild was, bedankte hij haar vriendelijk en oliede zichzelf goed met zijn met juwelen ingelegde oliekannetje; je kon tenslotte niet voorzichtig genoeg zijn.

De Vogelverschrikker was nu de heerser over de Smaragd Stad en al was hij geen Tovenaar, de mensen waren trots op hem. "Want," zeiden ze, "er is geen andere stad in de hele wereld die geregeerd wordt door een man van stro." En voor zover zij wisten, was dat ook zo.

De ochtend nadat de ballon met Oz was vertrokken kwamen de vier reizigers samen in de Troonzaal om de zaak eens goed te bespreken. De Vogelverschrikker zat op de grote troon en de anderen stonden op gepaste afstand voor hem.

"We hebben best geluk gehad," zei de nieuwe heerser, "want dit paleis en de Smaragd Stad zijn nu van ons en we kunnen doen wat we willen. Als ik me bedenk dat ik kortgeleden nog op een paal in een boerenveld stond en dat ik nu de heerser ben van deze prachtige Stad, dan ben ik tevreden met mijn lot."

"Ook ik," zei de Blikken Man, "ben tevreden met mijn nieuwe hart. En dat was echt het enige wat ik wilde in heel de wereld."

"Wat dat betreft, ben ik ook content met de wetenschap dat ik zo moedig ben als elk ander beest dat ooit leefde, zo niet moediger," zei de Leeuw bescheiden.

"Als Doortje alleen maar content zou zijn om in de Smaragd Stad te wonen," ging de Vogelverschrikker verder, "dan zouden we samen gelukkig kunnen zijn."

"Maar ik wil hier helemaal niet wonen," riep Doortje. "Ik wil terug naar Kansas en bij mijn tante Emma en oom Hendrik wonen."

"Wat kunnen we dan nog doen?" vroeg de Blikken Man.

De Vogelverschrikker besloot om na te denken. Hij dacht zelfs zo hard dat de naalden en spelden uit zijn hoofd begonnen te steken. Na een tijdje zei hij:

"Waarom roep je de Gevleugelde Apen niet, en vraag je hun niet je over de woestijn te dragen?"

"Daar had ik nog nooit aan gedacht!" zei Doortje opgewekt. "Dat is precies wat ik ga doen. Ik ga meteen de Gouden Kap halen."

Toen ze met de Gouden Kap terug de Troonzaal in kwam, sprak ze de toverspreuk en binnen de kortste keren vloog de troep Gevleugelde Apen door een open raam naar binnen en stonden ze voor haar.

"Dit is de tweede keer dat je ons hebt geroepen," zei de Koning van de Apen, en hij maakte een buiging voor het meisje. "Wat kunnen we voor je doen?"

"Ik wil dat jullie mij naar Kansas brengen," zei Doortje.

Maar de Koning schudde zijn hoofd.

"Dat zal niet gaan," zei hij. "We komen van hier en kunnen het Land van Oz niet verlaten. Er is nog nooit een Gevleugelde Aap in Kansas geweest, en ik denk ook niet dat er ooit één zal komen, want ze horen daar niet. We willen je graag helpen, met alles wat binnen ons vermogen ligt, maar we kunnen de woestijn niet oversteken. Tot ziens."

De Apenkoning maakte een buiging, spreidde zijn vleugels en vloog door het raam weer weg, gevolgd door zijn troep.

Doortje was zo teleurgesteld dat het huilen haar nader stond dan het lachen.

"Ik heb een van de drie spreuken van de Gouden Kap voor niets verloren laten gaan," zei ze, "want de Gevleugelde Apen kunnen mij niet helpen."

"Het is zeker jammer!" zei de goedhartige Blikken Man.

De Vogelverschrikker dacht weer na, en zijn hoofd bulkte zo verschrikkelijk uit dat Doortje dacht dat het zou scheuren.

"Laten we de soldaat met de groene baard en snor roepen," zei hij, "en hem om advies vragen."

De soldaat werd ontboden en kwam de Troonzaal verlegen binnen, want toen Oz hier nog was mocht hij nooit verder dan de deur komen.

"Dit meisje," zei de Vogelverschrikker tegen de soldaat, "wil de woestijn oversteken. Hoe kan zij dat doen?"

"Ik zou het niet weten," antwoordde de soldaat, "want niemand is ooit over de woestijn gekomen, behalve dan misschien Oz zelf."

"Is er dan niemand die mij kan helpen?" vroeg Doortje ernstig.

"Misschien kan Glinda helpen," stelde hij voor.

"Wie is Glinda?" wilde de Vogelverschrikker weten.

"De Heks van het Zuiden. Zij is de machtigste van al de Heksen, en ze regeert over de Kwartelingen. Haar kasteel staat aan de rand van de woestijn. Misschien dat zij weet hoe je over de woestijn kan komen."

"Glinda is een Goede Heks, toch?" vroeg het meisje.

"De Kwartelingen vinden haar goed," zei de soldaat, "en ze is aardig tegen iedereen. Ik heb gehoord dat Glinda een prachtige vrouw is, die weet hoe ze jong moet blijven ondanks de vele jaren die ze heeft geleefd."

"Hoe kom ik bij haar kasteel?" vroeg Doortje.

"De weg gaat regelrecht naar het zuiden," antwoordde hij, "maar men zegt dat het gevaarlijk is voor reizigers. Er zijn wilde beesten in de wouden, en een volk van vreemde mannen die niet willen dat vreemdelingen door hun land reizen. Dat is ook de reden dat de Kwartelingen niet naar de Smaragd Stad komen."

De Soldaat liet hen alleen en de Vogelverschrikker zei:

"Ondanks de gevaren lijkt het erop dat Doortje het beste af is als ze naar het Land van het Zuiden reist en Glinda om hulp vraagt. Als Doortje hier zou blijven, dan kwam ze in ieder geval nooit terug in Kansas."

"Je hebt zeker weer nagedacht, of niet?" merkte de Blikken Man op.

"Zeker, dat heb ik gedaan," zei de Vogelverschrikker.

"Ik zal met haar meegaan," verklaarde de Leeuw, "ik word moe van jouw stad en ik verlang terug naar de wouden en het land. Ik ben namelijk een wild beest, weet je. Bovendien heeft Doortje iemand nodig om haar te beschermen."

"Dat is waar," zei de Blikken Man. "Mijn bijl zou haar ook weleens van dienst kunnen zijn, dus ga ik ook mee naar het Land van het Zuiden."

"Wanneer vertrekken we?" vroeg de Vogelverschrikker.

"Ga je dan ook mee?" vroegen ze verbaasd.

"Zeker. Zonder Doortje zou ik nu geen verstand hebben. Zij haalde me van de paal in het graanveld en bracht me naar de Smaragd Stad. Ik heb mijn geluk aan haar te danken en ik zal haar dan ook niet alleen laten voordat ze voor eens en altijd op weg is naar Kansas."

"Dank je wel," zei Doortje dankbaar. "Dat is erg aardig van jullie, maar als het kan, wil ik zo snel mogelijk vertrekken."

"We zullen morgenochtend vertrekken," antwoordde de Vogelverschrikker. "Laten we ons voorbereiden, we hebben nog een lange weg te gaan."

Hoofdstuk 19:

Aanval van de Vechtbomen

e volgende morgen kuste Doortje het mooie groene meisje vaarwel en schudde ze de hand van de soldaat met de groene baard en snor, die met hen mee naar de poort was gekomen. Toen de Bewaker van de Poort hen weer zag, vroeg hij zich af waarom ze de wonderschone Stad wilden verruilen voor nieuwe problemen. Maar hij maakte direct hun brillen los en stopte ze weer in de groene kist, en hij nam innig afscheid van onze vrienden.

"Je bent nu onze heerser," zei hij tegen de Vogelverschrikker, "dus je moet zo snel mogelijk weer terugkomen."

"Dat zal ik zeker, als ik kan," antwoordde de Vogelverschrikker, "maar ik moet eerst Doortje thuis zien te krijgen."

Toen Doortje afscheid van de goedaardige Bewaker nam zei ze:

"Ik ben altijd goed behandeld in jullie prachtige Stad en iedereen was altijd heel aardig tegen me. Ik kan niet zeggen hoe dankbaar ik daarvoor ben."

"Dat hoeft ook niet, meisje," zei hij. "We hadden je het liefst bij ons gehouden, maar als je echt terug wilt naar Kansas hoop ik dat je de weg zal vinden." Hij opende de poort van de stadsmuur en ze liepen erdoorheen en zo begon hun reis.

De zon scheen heerlijk terwijl onze vrienden de weg naar het Land van het Zuiden insloegen. Ze waren in een opperbest humeur en ze lachten en kletsten wat af. Doortje was weer hoopvol dat ze eindelijk naar huis zou kunnen, en de Vogelverschrikker en de Blikken Man waren blij haar van dienst te kunnen zijn. Wat de Leeuw betreft, hij snoof de frisse lucht verheugd door zijn neus op en hij kwispelde met zijn staart heen en weer, want hij was zo blij weer in de openlucht te zijn, en Toto zat achter de motten en vlinders aan en blafte aldoor vrolijk.

"Het stadsleven is niets voor mij," merkte de Leeuw op terwijl ze stevig doorliepen. "Ik ben flink afgevallen toen ik daar was, en nu wil ik graag andere beesten laten zien hoe dapper ik ben geworden."

Ze keken nu nog eenmaal om naar de Smaragd Stad. Het enige wat ze nog zagen waren de torens en puntdaken achter de groene stadsmuren, en hoog boven alles uit staken de torenspitsen en de koepel van het paleis van Oz.

"Oz was eigenlijk helemaal nog niet zo'n slechte Tovenaar," zei de Blikken Man toen hij zijn hart in zijn borst voelde rammelen.

"Hij wist hoe hij mij verstand moest geven, en nog verstandig verstand ook," zei de Vogelverschrikker.

"Als Oz ook een slok moed had genomen, net als ik," voegde de Leeuw eraan toe, "dan zou hij een dapper man zijn geweest."

Doortje zei niets. Oz had zijn belofte aan haar niet waargemaakt, maar hij had er wel zijn best voor gedaan, dus ze had hem vergeven. Zoals hij had gezegd was hij een goede man, zelfs al was hij dan een slechte Tovenaar.

Op de eerste dag van de reis kwamen ze door de groene velden met prachtige bloemen die de Smaragd Stad helemaal omringden. Die nacht sliepen ze op het gras, met niets dan de sterren boven hun hoofden, en ze werden goed uitgerust wakker.

De volgende morgen reisden onze vrienden tot ze bij een dik woud kwamen. Er leek geen weg omheen te zijn, want het woud strekte zich in alle richtingen uit, zover als het oog kon zien; bovendien durfden ze niet van richting te veranderen uit angst om te verdwalen. Ze zochten dus een plek waar ze het gemakkelijkste het kreupelwoud konden binnengaan.

De Vogelverschrikker, die voorop liep, vond uiteindelijk een grote boom waarvan de lange takken zo ver opzij staken dat de reisgenoten eronderdoor konden. Hij liep op de boom af, maar toen hij onder de eerste takken kwam bogen ze naar beneden en sloten zich om hem heen, en het volgende ogenblik kwam hij los van de grond en vloog hij halsoverkop richting zijn reisgenoten.

Het deed de Vogelverschrikker geen pijn, maar het verraste hem wel en hij keek verward toen Doortje hem overeind hielp.

"Hier is nog een ruimte tussen de bomen," riep de Leeuw.

"Laat mij het eerst proberen," zei de Vogelverschrikker, "want het doet mij toch geen pijn als ik heen en weer gegooid word." Hij liep naar een andere boom terwijl hij sprak, maar de takken grepen hem direct en gooiden hem weer terug.

"Dat is vreemd," zei Doortje. "Wat moeten we nu doen?"

"De bomen lijken vastberaden om ons te bevechten en onze doortocht te verhinderen," merkte de Leeuw op.

"Ik geloof dat ik het zelf maar eens moet proberen," zei de Blikken Man, en hij legde zijn bijl op zijn schouder en marcheerde naar de eerste boom die de Vogelverschrikker zo ruw te pakken had gehad. Toen een dikke tak naar beneden boog om hem te pakken, hakte de Blikken

Man zo fel op de tak in dat hij hem in twee stukken hakte. De boom begon wild te schudden en de Blikken Man liep er veilig onderdoor.

"Schiet op!" schreeuwde hij tegen de anderen. "Vlug deze kant op!"

Ze renden allemaal veilig onder de boom door, behalve Toto, die door een kleine tak gegrepen werd en heen en weer werd geschud tot hij jankte. Gelukkig was de Blikken Man er snel bij om de tak af te hakken en de hond te bevrijden.

De andere bomen van het woud deden niets om hen tegen te houden. De reizigers dachten dat alleen de eerste rij bomen hun takken konden bewegen en dat zij het woud als politieagenten bewaakten en dat ze deze schitterende gave hadden gekregen om vreemdelingen buiten te houden.

De vier reizigers liepen met gemak tussen de bomen door tot ze aan het andere eind de rand van het bos naderden. Tot hun verbazing stonden ze voor een hoge muur die van wit porselein leek te zijn gemaakt. De oppervlakte was glad, zoals die van een bord, en de muur torende boven hun hoofden uit.

"Wat moeten we nu doen?" vroeg Doortje.

"Ik zal een ladder maken," zei de Blikken Man, "want we moeten beslist over de muur."

Hoofdstuk 20:

Als Olifanten in de Porseleinkast

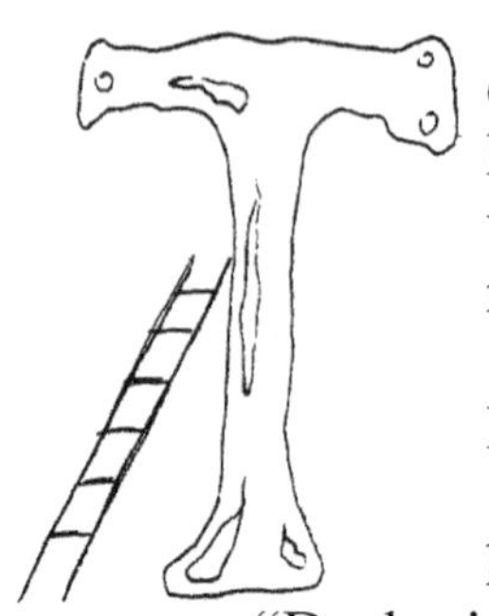erwijl de Blikken Man een ladder maakte van sprokkel-
hout lag Doortje te slapen, want ze was moe geworden
van de lange wandeling. De Leeuw had zichzelf opgerold en Toto lag naast hem.

De Vogelverschrikker keek toe hoe de Blikken
Man aan het werk was, en zei tegen hem:

"Ik kan maar niet bedenken waarom deze muur
hier staat, of waar hij van gemaakt is."

"Denk niet te hard en maak je geen zorgen om de muur," antwoordde de Blikken Man. "Als we over de muur zijn geklommen zullen
we weten wat er zich aan de andere kant bevindt."

Na een poosje was de ladder klaar. Hij zag er onhandig uit, maar
de Blikken Man was er zeker van dat hij sterk genoeg was om aan hun
wensen te voldoen. De Vogelverschrikker maakte Doortje en de Leeuw
en Toto wakker en vertelde hun dat de ladder klaar was. De Vogelverschrikker klom als eerste de ladder op, maar hij deed dat zo wankelend
dat Doortje vlak achter hem aan moest om te voorkomen dat hij eraf zou
vallen. Toen hij zijn hoofd over de muur stak zei de Vogelverschrikker:

"O jee!"

"Ga verder," riep Doortje.

Dus klom de Vogelverschrikker verder omhoog en ging op de
rand van de muur zitten, en toen Doortje haar hoofd boven de muur uitstak riep ze:

"O jee!" net als de Vogelverschrikker had gedaan.

Toen Toto boven kwam begon hij meteen te blaffen, maar Doortje
maande hem tot stilte.

De Leeuw kwam daarna de trap opgeklommen en de Blikken
Man kwam als laatste en beiden riepen ze "O jee!" zodra ze over de
muur keken. Toen ze allemaal naast elkaar op de muur zaten, keken ze
naar beneden en zagen een vreemd landschap.

Voor hen strekte zich een vloer uit die zo glad en glimmend wit
was als de bodem van een grote schaal. Her en der stonden vele huizen
die helemaal van porselein gemaakt waren en beschilderd in de felste
kleuren. Deze huizen waren vrij klein en kwamen niet hoger dan Door-
tjes middel. Er waren schattige kleine schuren, met porseleinen hekken
eromheen, en veel koeien en schapen en paarden en varkens en kippen,
allemaal gemaakt van porselein, en ze stonden in groepjes bij elkaar.

Maar nog het vreemdst waren de mensen die in dit vreemde land leefden. Er waren melkmeisjes en schapenhoedsters met felgekleurde lichamen en gouden stippen over hun jurken; en er waren prinsessen met prachtige japonnen van zilver en goud en paars; en herders gekleed in een <u>lederhose</u> met roze en gele en blauwe strepen die van boven naar beneden liepen, en ze droegen schoenen met gouden gespen; en de prinsessen droegen juwelen kroontjes op hun hoofden, hermelijnen gewaden en satijnen <u>doublet</u>vesten; en er waren grappige <u>harlekijn</u>s in geplooide gewaden, met rode stippen op hun wangen en spitse puntmutsen. En het vreemde was, ze waren allemaal gemaakt van porselein, zelfs hun kleren, en ze waren zo klein dat de grootste niet boven de knie van Doortje uitstak.

Niemand keek in eerste instantie ook maar even op of om naar de reizigers behalve een kleine paarse porseleinen hond met een extra groot hoofd, die naar de muur kwam en blafte met een piepstemmetje, en er daarna vandoor ging.

"Hoe komen we nu omlaag?" vroeg Doortje.

De ladder was te zwaar om over de muur te tillen, dus de Vogelverschrikker liet zich van de muur vallen en de anderen sprongen op hem zodat ze hun voeten geen pijn zouden doen aan de harde vloer. Natuurlijk keken ze wel uit om niet op het hoofd van de Vogelverschrikker te springen, want dan zouden ze spelden in hun voeten krijgen. Toen ze allemaal veilig beneden waren, zetten ze de Vogelverschrikker weer overeind. Zijn lichaam was behoorlijk plat geworden en ze klopten het stro weer in vorm.

"We moeten deze vreemde plek doorkruisen om aan de andere kant te komen," zei Doortje, "want het zou niet slim zijn om een andere weg te kiezen dan regelrecht naar het Zuiden."

Ze begonnen door het land van de porseleinen mensen te lopen en ze kwamen bij een porseleinen melkmeisje dat een porseleinen koe aan het melken was. Toen ze dichterbij kwamen, schopte de koe plotseling de kruk omver en de melkemmer en het melkmeisje zelf vielen met een enorm gekletter op de porseleinen vloer.

Doortje was geschokt toen ze zag dat de koe zijn poot had afgebroken, dat de melkemmer in kleine stukjes was gebroken en dat het arme melkmeisje een scherf van haar linkerelleboog had gestoten.

"Kijk nou," riep het melkmeisje boos, "wat je gedaan hebt! Mijn koe heeft een gebroken poot, en nu moet ik haar naar de herstelwinkel brengen om hem er weer aan te laten lijmen. Wat doe je hier en waarom jaag je mijn koe de stuipen op het lijf?"

"Het spijt me vreselijk," antwoordde Doortje, "wilt u het ons vergeven?"

Het mooie melkmeisje was veel te boos om antwoord te geven. Mokkend pakte ze de poot op en leidde de koe weg; het arme beest hinkte op drie poten. Terwijl het melkmeisje wegliep, keek ze de onhandige vreemdelingen een aantal keer verwijtend over haar schouder aan, en daarbij hield ze haar beschadigde elleboog dicht tegen zich aan.

Doortje was bedroefd over dit ongeval.

"We moeten heel voorzichtig zijn hier," zei de goedhartige Blikken Man, "anders beschadigen we deze kleine mensen zo erg dat ze er nooit meer bovenop komen."

Een eindje verderop zag Doortje een prachtig geklede jonge prinses, die abrupt stil stond en probeerde weg te rennen toen ze de vreemdelingen zag.

Doortje wilde meer van de Prinses zien, dus rende ze achter haar aan, maar het porseleinen meisje riep verschrikt uit:

"Achtervolg me niet! Achtervolg me niet!"

Ze klonk zo angstig dat Doortje stopte en vroeg:

"Waarom niet?"

"Omdat," antwoordde de prinses, die op een veilige afstand ook was gestopt, "ik mezelf kan breken als ik rennend ten val kom."

"Maar kan je dan niet hersteld worden?" vroeg het meisje.

"O, jawel, maar je bent nooit meer zo mooi als daarvoor, weet je," antwoordde de prinses.

"Dat is waar," zei Doortje.

"Daar is meneer Jokken, een van onze harlekijns," ging het porseleinenvrouwtje verder. "Hij probeert altijd op zijn hoofd te staan. Hij heeft zichzelf zo vaak gebroken dat hij wel op honderd plaatsen is gelijmd, en hij ziet er helemaal niet mooi uit. Kijk, daar komt hij, dan kan je het zelf zien."

En inderdaad, er kwam een kleine Harlekijn op hen af gelopen en Doortje kon ondanks zijn mooie rode, gele en groene kleren zien dat hij overal barsten had zitten, waardoor je duidelijk kon zien dat hij veelvuldig gelijmd en hersteld was.

De Harlekijn stopte zijn handen in zijn zakken, en nadat hij zijn wangen bol had gemaakt en met zijn hoofd parmantig had geknikt zei hij:

"Mijn vrouwe daar
wat kijk je naar
die oude Meneer Jokken?
Je staat zo stijf
en stram van lijf
alsof jij at veel stokken!"

"Wees stil, meneer!" zei de prinses. "Kan u niet zien dat dit vreemdelingen zijn en dat zij met achting behandeld dienen te worden?"

"Naar mijn verwachting, is dat achting," verklaarde de Harlekijn, en hij ging ogenblikkelijk op zijn hoofd staan.

"Let maar niet op meneer Jokken," zei de prinses tegen Doortje, "hij heeft veel barsten in zijn hoofd, en dat maakt hem een onbenul."

"O, maar ik vind het niet erg," zei Doortje. "Maar jij bent zo mooi," ging ze verder, "dat ik je zeker lief zou kunnen hebben. Wil je me niet toestaan je mee terug te nemen naar Kansas waar ik je op de schoorsteenmantel van tante Emma kan zetten? Ik zou je in mijn mandje kunnen dragen."

"Dat zou mij erg ongelukkig maken," antwoordde de porseleinen prinses. "Zie je, hier in ons eigen land hebben we het goed naar onze zin en kunnen we praten en gaan en staan waar we willen. Maar als we hier worden weggenomen, dan verstijven we meteen en kunnen we alleen nog maar stilstaan en mooi zijn. Natuurlijk is dat alles wat er van ons verwacht wordt als we op schoorsteenmantels en op kastjes of op bijzet-tafeltjes staan, maar het leven hier in ons eigen land is veel plezieriger."

"Ik zou het niet durven om je ongeluk-kig te maken," zei Doortje, "dus zeg ik alleen tot ziens."

"Tot ziens," antwoordde prinses.

Ze liepen voorzichtig door het porselei-nen land. De kleine dieren en alle mensen gingen hun uit de weg, uit angst dat de vreemdelingen

hen zouden breken, en na een uurtje kwamen de reizigers aan de andere
kant van het land aan, waar ze op een andere porseleinen muur stuitten.
Hij was niet zo hoog als de eerste muur die ze tegenkwamen, en door bij
de Leeuw op zijn rug te gaan staan wisten ze op de muur te klauteren.
De Leeuw ging in de springhouding zitten en sprong op de muur, maar
toen hij sprong sloeg hij met zijn staart tegen een porseleinen kerkje en
het brak in stukken.

"Het is zonde," zei Doortje, "maar we mogen van geluk spreken
dat we deze mensen niet meer schade hebben berokkend dan het breken
van de poot van een koe en het breken van de kerk. Ze zijn ook zo broos!"

"Dat zijn ze zeker," zei de Vogelverschrikker, "en ik ben dankbaar dat ik van stro gemaakt ben, zodat ik niet zo gemakkelijk bescha-
digd raak. Er zijn ergere dingen in de wereld dan een Vogelverschrikker
zijn."

Hoofdstuk 21:

Een Leeuw is Koning van alle Beesten

adat ze over de porseleinen muur waren geklommen, bevonden de reizigers zich in een akelig <u>broekland,</u> vol drassige moerassen en bedekt met hoog, woekerend gras. Het was lastig om een stuk te lopen zonder in de modderige holen te stappen die door het dikke gras aan het zicht werden onttrokken. Nadat ze voorzichtig hun weg hadden gezocht, vonden ze vaste grond onder hun voeten. Maar hier leek het land wilder dan ooit, en na een poosje vermoeid onder de bomen en door de <u>ondergroei</u> te hebben gelopen, kwamen ze in een ander bos terecht, waar de bomen groter en ouder waren dan ze ooit hadden gezien.

"Wat een prachtig bos," verklaarde de Leeuw, die verrukt om zich heen keek, "nooit eerder heb ik zo'n wonderschone plek gezien."

"Het lijkt mij mistroostig en duister," zei de Vogelverschrikker.

"In het minst niet," antwoordde de Leeuw, "ik zou hier graag de dagen van mijn leven slijten. Kijk eens hoe zacht de gedroogde bladeren onder je voeten zijn en hoe weelderig en groen het mos is dat hier aan de oude bomen kleeft. Geen wild dier kan zich een knusser thuis wensen."

"Misschien zijn er al wilde beesten in het bos," zei Doortje.

"Ik neem aan van wel," antwoordde de Leeuw, "maar ik zie ze nergens."

Ze liepen verder door het bos tot het te donker werd om nog verder te gaan. Doortje en Toto en de Leeuw gingen liggen om te slapen, terwijl de Blikken Man en de Vogelverschrikker zoals gewoonlijk de wacht hielden.

De volgende ochtend gingen ze verder. Voor ze goed en wel op weg waren hoorden ze een laag gebrom, alsof vele wilde beesten gromden. Toto jankte zachtjes, maar geen van de anderen was bang en ze liepen verder langs het veelbetreden pad tot ze bij een open plek in het bos kwamen, en daar stonden wel honderden soorten beesten in alle soorten en maten. Er waren tijgers en olifanten en beren en wolven en vossen en alle andere beesten uit de wereldgeschiedenis, en Doortje was wel even bang. Maar de Leeuw legde uit dat de dieren een vergadering hielden, en aan hun gebrom en gegrom te horen hadden ze grote problemen.

Terwijl hij met Doortje sprak, spotte een aantal beesten hem, en alsof er zich een wonder voltrok stierf het gebrom en gegrom weg en werd het stil. De grootste van de tijgers kwam naar de Leeuw gelopen en maakte een buiging, en zei:

"Welkom, o Koning van alle Beesten! U komt precies op tijd om onze vijand te bevechten en om eens te meer vrede te brengen voor alle dieren van het woud."

"Wat is jullie probleem?" vroeg de Leeuw rustig.

"We worden allemaal bedreigd," antwoordde de tijger, "door een gevaarlijke vijand, die kortgeleden naar dit woud is gekomen. Het is een reusachtig monster, als een grote spin, met een lichaam zo groot als een olifant en benen zo lang als boomstammen. Het heeft acht van deze lange poten, en als het monster door het woud kruipt, grijpt het een dier met een poot en sleept het naar zijn bek, waar hij het dier eet zoals een spin een vlieg eet. Geen van ons is veilig zolang dit woeste beest in leven is, en u bent gekomen toen we in vergadering waren om te besluiten hoe we onszelf konden redden."

De Leeuw dacht een moment na en vroeg toen:

"Zijn er geen andere leeuwen in dit woud?"

"Nee, niet meer, het monster heeft hen allemaal opgegeten. En geen van hen was zo groot en moedig als u."

"Als ik een einde maak aan jullie vijand, willen jullie dan voor mij buigen en mij dienen als Koning van het Woud?" vroeg de Leeuw.

"Dat zullen we graag doen," antwoordde de tijger en alle andere beesten brulden luid: "Ja, graag!"

"Waar is die grote spin van jullie gebleven?" vroeg de Leeuw.

"Ginds, tussen de eikenbomen," zei de tijger, en hij wees hem de juiste richting met zijn voorpoot.

"Pas goed op mijn vrienden," zei de Leeuw, "dan zal ik meteen het monster gaan bevechten."

Hij nam afscheid van zijn vrienden en marcheerde trots weg om slag te leveren met de vijand.

De grote spin lag te slapen toen de Leeuw hem vond, en het monster zag er zo verschrikkelijk lelijk uit dat de Leeuw van afschuw een vies gezicht trok. De benen van het monster waren inderdaad zo lang als de tijger had gezegd, en het lichaam was bedekt met ruw zwart haar. Het monster had een grote bek, met een rij scherpe tanden die wel een voet lang waren, maar het hoofd zat aan het dikke lichaam met een nek die zo dun was als het lichaam van een wesp. Dat was precies wat de Leeuw nodig had, nu kon hij bedenken hoe hij het monster het beste aan kon vallen. Hij wist dat het gemakkelijker was het monster in zijn slaap te bevechten dan als het wakker was, dus hij maakte een grote sprong en landde regelrecht op de rug van het monster. Toen, met één slag van zijn zware poot, tot de tanden toe bewapend met scherpe klauwen, sloeg hij het hoofd van de spin van zijn lichaam. Hij sprong naar beneden en wachtte tot de lange poten op hielden te bewegen, en toen wist hij zeker dat hij dood was.

De Leeuw ging terug naar de open plek waar de dieren van het woud op hem hadden gewacht, en hij zei trots:

"Jullie hoeven niet langer bang te zijn voor jullie vijand."

Toen bogen de dieren voor de Leeuw als hun Koning en hij beloofde terug te komen en over hen te regeren zodra Doortje veilig op weg was naar Kansas.

Hoofdstuk 22:

Het Land van de Kwartelingen

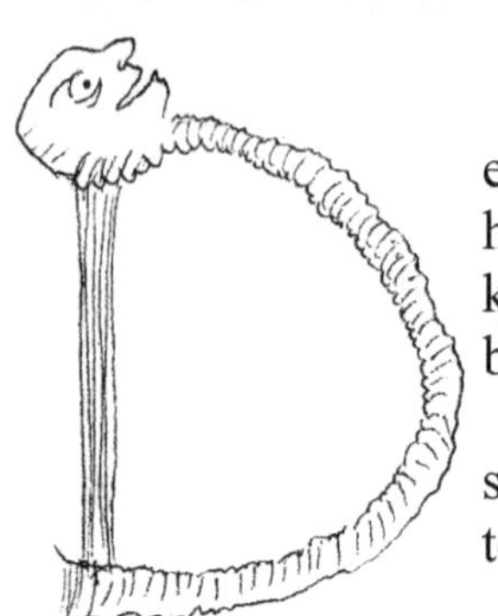e vier reizigers liepen ongeschonden door de rest van het woud en toen ze uit de duisternis van het woud kwamen, zagen ze voor zich een steile heuvel die van boven tot beneden bedekt was met grote rotsen.

"Dat wordt een lastige klim," zei de Vogelverschrikker, "maar we zullen toch over de heuvel moeten."

En zo ging hij voorop en de anderen volgden hem. Ze waren nauwelijks bij de eerste rots aangekomen of ze hoorden een ruwe stem roepen:

"Ga terug!"

"Wie bent u?" vroeg de Vogelverschrikker. Toen verscheen er een hoofd boven de rots en dezelfde stem zei:

"Deze heuvel is van ons, en we staan niemand toe hem te beklimmen."

"Maar we moeten er wel overheen," zei de Vogelverschrikker. "We gaan naar het Land van de Kwartelingen."

"Dat zal je niet!" antwoordde de stem, en vanachter de rots kwam het vreemdste mannetje tevoorschijn dat de reizigers ooit hadden gezien. Hij was vrij kort van stuk en stevig gebouwd en hij had een groot hoofd, dat aan de bovenkant plat was en dat werd ondersteund door een dikke, gerimpelde nek. Hij had helemaal geen armen en toen de Vogelverschrikker dat zag dacht hij dat zo'n hulpeloos wezen hem niet kon verhinderen de heuvel te beklimmen. Dus zei hij:

"Het spijt me, maar we kunnen aan uw wens geen gehoor geven. We moeten over uw heuvel, of u het nu goed vindt of niet," en hij liep vastbesloten naar voren.

Als de bliksem zo snel schoot het hoofd van de man naar voren en zijn nek strekte zich uit tot de platte bovenkant van het hoofd de Vogelverschrikker tegen zijn middel stootte, en die rolde tuimelend de heuvel af. Bijna net zo snel als het hoofd naar voren was geschoten, ging het terug naar het lichaam, en de man lachte gemeen toen hij zei:

"Het is niet zo simpel als je gedacht had!"

Een luidkeels gelach kwam vanachter de andere rotsen, en Doortje zag honderden van de armloze Hamerhoofden op de heuvel staan, eentje achter elk rotsblok.

De Leeuw werd behoorlijk boos, omdat de Hamerhoofdmannen de Vogelverschrikker zo hard uitlachten om zijn fout, dus hij brulde zo luid dat de echo als de donder klonk en hij stoof de heuvel op.

Opnieuw schoot er een hoofd naar voren en de Grote Leeuw ging rollend de heuvel af, alsof hij was geraakt door een kanonskogel.

Doortje rende naar beneden en hielp de Vogelverschrikker overeind, en de Leeuw kwam naar haar toe rollen, hij voelde zich gekneusd en alles deed hem pijn en hij zei:

"Het is nutteloos om te vechten tegen mensen met schietende hoofden; niemand kan het tegen hen opnemen."

"Wat kunnen we dan nog doen?" vroeg Doortje.

"Doe een beroep op de Gevleugelde Apen," stelde de Blikken Man voor. "Je hebt nog één keer recht op hun diensten."

"Goed," antwoordde ze, en ze zette de Gouden kap op en sprak de magische woorden. De Gevleugelde Apen waren stipt als altijd, en binnen een paar minuten stond de hele troep voor haar.

"Wat is uw bevel?" vroeg de Koning van de Apen en hij maakte een diepe buiging.

"Draag ons over de heuvel naar het Land van de Kwartelingen," antwoordde het meisje.

"Zoals u wenst," zei de Koning en ogenblikkelijk pakten de Gevleugelde Apen de vier reizigers en Toto op met hun armen en vlogen ze met hen weg. Toen ze over de heuvel vlogen schreeuwden de Hamerhoofden van ergernis, en ze schoten hun hoofden hoog de lucht in, maar ze konden de Gevleugelde Apen niet raken. De Apen brachten Doortje en haar kameraden veilig over de heuvel en zetten ze neer in het prachtige Land van de Kwartelingen.

"Dit was de laatste keer dat je ons kon ontbieden," zei de leider tegen Doortje. "Vaarwel en het ga je goed."

"Vaarwel en heel erg bedankt," antwoordde het meisje. De Apen vlogen de lucht in en in een oogwenk waren ze uit het zicht verdwenen.

Het Land van de Kwartelingen leek rijk en gelukkig te zijn. Ze zagen veld na veld met rijpende granen en goed geplaveide paden slingerden tussen kleine kabbelende beekjes door en over stevige bruggen heen. De hekken, huizen en bruggen waren allemaal helderrood geschilderd, net zoals ze geel geschilderd waren in het Land van de Wenkelingen en blauw in het Land van de Knibbelingen. De Kwartelingen zelf, die kort en dik waren en er mollig en goedaardig uitzagen, waren helemaal gekleed in het rood, wat helder afstak tegen het groene gras en het gele graan.

De Apen hadden onze vrienden vlak bij een boerderij afgezet, en de vier reizigers liepen ernaartoe en klopten op de deur. De deur werd geopend door de vrouw van de boer, en toen Doortje vroeg of ze wat te eten had gaf de vrouw hun allemaal een goede maaltijd. Er waren drie soorten cake en vier soorten koekjes en een kom melk voor Toto.

"Hoe ver is het nog naar het Kasteel van Glinda?" vroeg het meisje.

"Het is niet heel ver meer," antwoordde de boerin. "Als je de weg naar het Zuiden neemt, zal je het snel zien."

Ze bedankten de goede vrouw en gingen weer fris en fruitig op pad. Ze kwamen langs de velden en liepen over de schattige bruggetjes tot ze het schitterende Kasteel voor zich zagen. Voor de poort hielden drie jonge meisjes, gekleed in keurige rode uniformen die waren versierd met goud gevlochten <u>galonnen</u>, de wacht. Toen Doortje dichterbij kwam vroeg een van de meisjes aan haar:

"Waarom zijn jullie naar het Land van het Zuiden gekomen?"

"Om de Goede Heks die hier regeert te spreken," antwoordde ze. "Wilt u mij bij haar brengen?"

"Als je mij vertelt wie je bent, dan zal ik Glinda vragen of ze je wil ontvangen." Ze vertelden wie ze waren en de meisjessoldaat ging het Kasteel binnen. Een momentje later kwam ze weer naar buiten en zei dat Doortje en de anderen meteen naar Glinda mochten.

Hoofdstuk 23:

De Goede Heks vervult Doortjes Wens

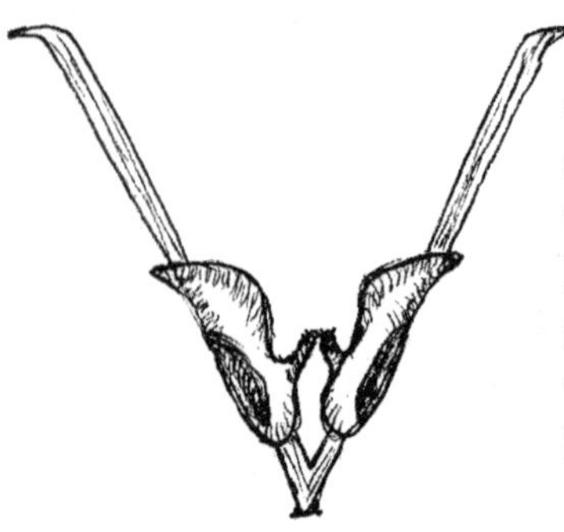

oordat ze Glinda mochten zien, werden ze naar een kamer in het Kasteel gebracht waar Doortje haar gezicht kon wassen en heur haren kon kammen. De Leeuw schudde het stof uit zijn manen, de Vogelverschrikker klopte zichzelf weer in vorm en de Blikken Man poetste zijn blik en druppelde olie op zijn gewrichten.

Toen ze er allemaal weer <u>representatief</u> uitzagen, volgden ze de meisjessoldaat naar een grote kamer, waar de Heks Glinda op een robijnen troon zat.

Ze was zowel mooi als jong in hun ogen. Heur haar had een rijke rode kleur en het viel in lange pijpenkrullen over haar schouders. Haar jurk was puur en zuiver wit en haar ogen waren blauw en ze keken vriendelijk naar het kleine meisje.

"Wat kan ik voor je doen, lief kind?" vroeg ze.

Doortje vertelde de Heks haar hele verhaal: over hoe de wervelwind haar naar het Land van Oz had gebracht, hoe ze haar vrienden had ontmoet en over de wonderbaarlijke avonturen die ze samen hadden beleefd.

"Maar het liefst," voegde ze eraan toe, "wil ik weer terug naar Kansas, want tante Emma zal vast denken dat er iets vreselijks met me is gebeurd, en daarom zal ze rouwkleding willen dragen, en tenzij de oogst dit jaar beter was dan vorig jaar kan oom Hendrik zich dat vast niet veroorloven."

Glinda leunde naar voren en kuste het vriendelijke gezicht van Doortje, die naar haar opkeek.

"Lieve schat dat je bent," zei ze, "ik weet zeker dat ik je een manier kan vertellen om weer in Kansas te komen." Toen voegde ze eraan toe: "Maar, als ik dat doe, moet je mij de Gouden Kap geven."

"Graag!" zei Doortje. "Hij is mij toch niet van nut, en als u de Kap heeft kan u driemaal uw wil opleggen aan de Gevleugelde Apen."

"Ik denk dat ik hun diensten precies drie keer nodig zal hebben," antwoordde Glinda glimlachend.

Doortje gaf haar de Gouden Kap en de Heks zei tegen de Vogelverschrikker:

"Wat ga jij doen als Doortje ons heeft verlaten?"

"Ik zal teruggaan naar de Smaragd Stad," antwoordde hij, "omdat Oz mij regent van het volk heeft gemaakt. Het enige dat mij zorgen baart is hoe ik over de heuvel van de Hamerhoofden moet komen."

"Door middel van de Gouden Kap zal ik bevelen dat de Gevleugelde Apen jou naar de poorten van de Smaragd Stad brengen," zei Glinda. "Het zou tenslotte zonde zijn om de mensen zo'n wonderbaarlijke regent te onthouden."

"Ben ik werkelijke wonderbaarlijk?" vroeg de Vogelverschrikker.

"Je bent ongewoon," antwoordde Glinda.

Ze wendde zich tot de Blikken Man en vroeg:

"Wat komt er van jou terecht als Doortje dit land verlaat?"

Hij leunde op zijn bijl en dacht even na. Toen zei hij:

"De Wenkelingen waren erg aardig voor mij en ze wilden dat ik hen zou regeren toen de Boze Heks dood was. Ik ben ook gehecht geraakt aan de Wenkelingen en als ik terug zou kunnen gaan naar het Land van het Westen, dan zou ik niets liever doen dan voor altijd over hen regeren."

"Mijn tweede bevel voor de Gevleugelde Apen," zei Glinda, "zal zijn dat ze jou veilig naar het Land van de Wenkelingen brengen. Je verstand ziet er dan wel niet zo groot uit als dat van de Vogelverschrikker, maar je bent echt veel helderder dan hij is – als je goed gepoetst bent – en ik weet zeker dat je goed en wijs over de Wenkelingen zal regeren."

Toen keek de Heks naar de grote, harige Leeuw en vroeg:

"Als Doortje terug is gegaan naar haar eigen huis, wat zal er dan met jou gebeuren?"

"Over de heuvel van de Hamerhoofden," antwoordde hij, "ligt een groot, oud woud en alle dieren die daar leven hebben mij tot hun Koning gemaakt. Als ik naar dat woud terug zou kunnen gaan, dan zou ik alle dagen van mijn verdere leven daar gelukkig kunnen doorbrengen."

"Mijn derde bevel aan de Gevleugelde Apen," zei Glinda, "zal zijn dat ze jou naar het woud brengen. Dan, als ik alle krachten van de Gouden Kap heb opgebruikt, zal ik de Kap aan de Koning van de Gevleugelde Apen geven, zodat zij daarna voor altijd vrij kunnen zijn."

De Vogelverschrikker en de Blikken Man en de Leeuw bedankten de Goede Heks hartelijk voor haar vriendelijkheid, en Doortje verklaarde:

"U bent net zo goed als u mooi bent! Maar u heeft

me nog niet verteld hoe ik in Kansas kan komen.”

“Je Zilveren Schoenen zullen je over de woestijn brengen,” antwoordde Glinda. “Als je had geweten van hun kracht, dan had je op de dag dat je naar dit land kwam al terug kunnen gaan naar je tante Emma.”

“Maar dan zou ik mijn goede verstand niet hebben gekregen!” riep de Vogelverschrikker. “Ik was misschien wel heel mijn leven in het boerenveld blijven staan.”

“En ik zou mijn lieflijke hart niet gehad hebben,” zei de Blikken Man. “Ik had misschien tot het einde van de wereld verroest in het bos gestaan.”

“En ik zou voor altijd als een lafaard door het leven zijn gegaan,” verklaarde de Leeuw, “en geen beest in het hele bos zou een goed woordje voor mij over hebben gehad.”

“Dat is allemaal waar,” zei Doortje, “en ik ben blij dat ik mijn goede vrienden heb kunnen helpen. Maar nu elk van hen heeft wat hij het liefst wilde, en nu elk van hen een Koninkrijk heeft dat hij mag regeren, denk ik dat het tijd is voor mij om terug naar Kansas te gaan.”

“De Zilveren Schoenen,” zei de Goede Heks, “hebben wonderlijke krachten. En een van de curieuze dingen die ze kunnen is dat ze je met drie stappen overal in de wereld naartoe kunnen brengen, en elke stap zet je in een oogwenk. Al wat je hoeft te doen is de hielen van de schoenen drie keer tegen elkaar klikken en de schoenen bevelen je te brengen waar je maar naartoe wilt gaan.”

“In dat geval,” zei het kind dolblij, “zal ik ze vragen mij meteen naar Kansas te dragen.”

Ze sloeg haar armen om de nek van de Leeuw en kuste hem terwijl ze hem voorzichtig over zijn hoofd kroelde. Toen kuste ze de Blikken Houthakker, die huilde op een manier die heel gevaarlijk was voor zijn gewrichten. In plaats van de Vogelverschrikker op zijn geschilderde gezicht te kussen, omhelsde ze hem en toen bleek dat ze zelf ook moest huilen om het verdrietige afscheid van haar geliefde kameraden.

Glinda de Goede stapte van haar robijnen troon en gaf het meisje een afscheidszoen en Doortje bedankte haar voor alle vriendelijkheid die zij haar en haar vrienden had getoond.

Doortje nam Toto stevig in haar armen, sprak nog een laatste afscheidswoord, sloeg de hielen van haar schoenen drie keer tegen elkaar en zei:

“Breng me naar huis bij tante Emma!”

Ogenblikkelijk tolde ze door de lucht, zo snel dat alles wat ze kon zien of voelen de wind was die langs haar oren suisde.

De Zilveren Schoenen deden drie stappen en toen stond ze zo abrupt stil dat ze een aantal keer over het gras rolde voor ze in de gaten had waar ze was.

Uiteindelijk ging ze rechtop zitten en keek om zich heen. "Goeie genade!" riep ze uit.

Want ze zat op de brede prairie van Kansas en vlak voor haar stond de nieuwe boerderij die oom Hendrik na de storm, die het oude huis had meegenomen, had gebouwd. Oom Hendrik was de koeien aan het melken bij de schuur, en Toto sprong uit haar armen en rende naar de schuur, en hij blafte vrolijk.

Doortje stond op en merkte dat ze op haar kousen stond. De Zilveren Schoenen waren tijdens haar vlucht door de lucht van haar voeten gevallen en ze waren nu voor altijd verloren in de woestijn.

Hoofdstuk 24:

Oost West, Thuis Best

ante Emma was zojuist naar buiten gekomen om de groenten water te geven, toen ze opkeek en Doortje rennend op zich af zag komen.

"Mijn lieve schat!" riep ze en ze sloot het meisje in haar armen en kuste haar vurig over haar gezicht. "Waar in de wereld kom jij vandaan?"

"Uit het Land van Oz," zei Doortje ernstig. "En Toto is er ook. En o, tante Emma! Ik ben zo blij dat ik weer thuis ben!"

Woordenlijst

Amerika – Continent ten westen van het Europese continent. Ook gebruikelijke korte naam voor de Verenigde Staten van Amerika.

Apathisch – dom voor je uit zitten staren, onverschillig zijn, emoties negeren.

B

Boze – (*boos*) slecht, verderfelijk, schadelijk, gevaarlijk; kwaadaardig.

Brij – een dikke pap, in vroeger tijden ook een dikke, eventueel warme, vla. Denk aan haverbrij, rijstebrij of gruttenbrij.

Broekland – drassig land; laaggelegen en soms door een dijk omringd gras- of weiland.

Brokaten – (*brokaat*) is een zijdeweefsel met ingeweven, meestal grote, figuren van goud- of zilverdraad. Brokaat is kostbaar en daarom is het gebruik ervan altijd voorbehouden geweest aan de rijken en machtigen.

C

Canon – Verzameling geschriften die behoren tot éénzelfde reeks.

De Oz-canon waar *De Kronieken van Oz* uit bestaat uit dezijn alleen de door Lyman Frank Baum geschreven verhalen van Oz. Het boek *Royal Book of Oz* behoort hier niet toe, omdat dat niet geschreven is door Baum zelf. Het is gebaseerd op het werk dat hij niet af heeft kunnen maken en is met toestemming van zijn vrouw voltooid door Ruth Plumly Thompson.

Curieus – merkwaardig, eigenaardig(heid), nieuwsgierigheid.

D

Doublet(vest) – een doublet is een strak op het lichaam gedragen jas of vest. Het doublet had veel knopen en was doorgaans niet langer dan tot aan de heupen. Het doublet was met name populair tussen de 14de en 17de eeuw.

E

Eetketel – een ketel, emmer of pannetje waar je uit kan eten. In vroeger tijden, toen veldslagen nog man tegen man gevochten werden, waren het vooral de soldaten die, wanneer ze in het veld waren voor de strijd, in zo'n pannetje of ketel kookten en eruit aten.

Et voilà – is Frans en spreek je uit als 'é wallá'. Het betekent zo iets als 'en wel, zie hier' of 'eureka'.

F

Foreest – een dichtbegroeid woud.

Galon(nen) – lint of koord van zilver of goud dat is gevlochten, meestal ter versiering van een uniform.

Gedwee – zonder weerstand te bieden.

Gewelf – een gewelf is een holgebogen (ook koepelvorming of bolge-bogen) dak of plafond. Deze vorm van architectuur wordt gebruikt bij het bouwen van poorten, bruggen, (graf)kelders, kerken, moskeeën en kastelen. Voor het bouwen van een iglo gebruikt men een vergelijkbare techniek.

De kunst is dat het gewelfde plafond alleen gedragen wordt door de muren en dus geen gebruik maakt van bijvoorbeeld ondersteunende pilaren.

Deze plafonds zijn vaak bijzonder kunstig beschilderd.

Gingang – komt van het Maleisische woord 'genggang', dat gestreept betekent. Gingang is een middelzware stof. De basis van de stof is geverfd katoengaren, dat vaak in een klein ruitjespatroon is geweven. In het rood is het vergelijkbaar met Brabantsbont.

Doortje droeg een wit-blauwe gingang jurk toen ze door het Land van Oz reisde. Vooral de Knibbelingen stelden dat op prijs, omdat blauw hun favoriete kleur is.

Grazcieuze – (*gracieus*) of met gratie betekent: op een beleefde, hoffe-lijke en/of prettige manier.

H

Harlekijn – een harlekijn komt oorspronkelijk uit de Italiaanse 'Comedia dell'arte', een vorm van volkstoneel. De harlekijn is een acrobatische, ondeugende jongeman. Zijn veelkleurige kostuum is geruit in diamantpatronen en hij draagt een puntige hoed. Vaak verbergt hij zijn gezicht achter een zwart (half)masker. Hij draagt aan zijn riem een houten stok die dienstdoet als een zwaard. Vaak wordt de stok hem ontnomen en wordt hij ermee afgeranseld. In de meeste verhaallijnen is de harlekijn op zoek naar de liefde van Colombina.

Er zijn vrolijke en trieste (of tragische) harlekijnen. De trieste harlekijn is beter bekend als 'Pierrot', de trieste clown die ook in de pan tomime voorkomt. In tegenstelling tot de kleurrijke harlekijn is de Pierrot vaak zwart-wit gekleed en geschminkt.

De hedendaagse clown vindt zijn oorsprong onder andere in de harlekijn. De harlekijn wordt soms ook wel (vaak onterecht) de paljas of hansworst genoemd.

De Comedia dell'arte en de harlekijn zijn in onze tijd een vrijwel vergeten kunstvorm en het is te hopen dat toekomstige generaties de harlekijn nieuw leven inblazen.

In het Land van Oz maakt Doortje kennis met ene meneer Jokken, die een porseleinen harlekijn is.

Heur - is een informale en nagenoeg in onbruik geraakte verbastering van haar. Word gebruikt om verwarring met haar haar te voorkomen.

I -

IJverig – met drift en liefde voor het werk.

Imposant(e) – indrukwekkend.

J -

K

Kalidah(s) – beesten met het lichaam van een beer en het hoofd van een tijger, met klauwen die zelfs een grote leeuw in tweeën kunnen scheuren. In enkele Nederlandse vertalingen ook wel Tijberen genoemd.

Kansas – een van de staten van Amerika. Deze staat ligt in de zogenoemde tornadovallei, een streek waar meer dan elders tornado's en wervel-
winden ontstaan. Van oudsher is dit een staat waar veel boeren (land-
bouw- en veeteeltbedrijven) gevestigd zijn.

Kaprut – kleine, eigenwijze jongedame. *Gebruikt als eerbetoon aan
Theo Schavemaker, oom van Jeroen Bakker.*

Kolder – onzin(nig).

Krenken – iemand beschadigen, pijn of kwaad doen.

Kronieken – verhaal of verzameling van verhalen met gedenkwaardige
gebeurtenissen die plaats hebben gevonden in een bepaalde plaats of een
bepaald gebied.

L

Lederhose – traditionele (korte) leren broek uit Tirol, Zuid-Duitsland
en Oostenrijk. De broek wordt met name in de Alpenregio nog veel gedragen. Op de broek zijn afbeeldingen en/of figuren geborduurd. Bij de
broek draagt men (vrijwel) altijd ook leren bretels en speciale schoenen.

M –

N

Nurks – knorrig, brommerig, onaangenaam, hatelijk.

O

Ondergroei – struiken en wild groeiende gewassen tussen en onder de bomen van een bos.

Ontberingen – dat missen waar je behoefte aan hebt, zoals gebrek heb ben aan eten, drinken, een slaapplaats, kleding, enzovoort.

Nijverig – arbeidzaam, naarstig, druk aan het werk. (**Nijverheid** – kennis en kunde in dienst stellen van anderen).

P

Papaver – Latijnse naam voor de planten van een geslacht dat behoort tot de familie van de papaverachtigen (*Papaveraceae*), zoals de klaproos (*Papaver rhoeas*), de slaapbol (*Papaver somniferum*) en de oosterse papaver (*Papaver orientale*). De lengte van de papaver verschilt per soort en kan uiteenlopen van 25 cm tot wel 1 meter en 20 cm.

In tegenstelling tot wat L.F. Baum schrijft over de papaverplanten in Oz (in hoofdstuk 8 en 9) is de geur van een grote hoeveelheid papaverplanten in onze wereld niet bedwelmend of giftig.

De papaverplant kent bedwelmende, maar ook kunstzinnige, culinaire en medicinale eigenschappen. Zo wordt olie geperst van de zaden van de *Papaver somniferum* (slaapbol). Na koude persing wordt deze gebruikt om te koken (*maanzaadolie*). Na warme persing, waardoor de dan gelige olie langzamer droogt, wordt de olie gebruikt door kunstschilders bij hun verfbereiding.

De *Papaver somniferum* (slaapbol) wordt gekweekt om zijn giftig melksap. Uit de volgroeide, nog groene zaaddozen wordt door middel van insnijdingen opium verkregen. Het opium dient als grondstof voor *morfine* en *codeïne* en wordt zowel in de reguliere medicatie (met name pijnstillers) als in drugs gebruikt.

Penning(skes) – De penning is een munt uit vroeger tijden, het was

1/16de deel van een stuiver (5 cent). Hoewel het gebruik van het woord 'penning' in onze taal is afgenomen, omdat de munt niet meer bestaat, kennen we nog veel (spreek)woorden die ons eraan herinneren, zoals bijvoorbeeld de 'penningmeester' van een vereniging.

Perplex – onthutst, verward, verbluft, verbijsterd.

Representatief – voorkomend, er verzorgd uitzien.

Riekende – geurende, te ruiken.

Schreden – stappen.

Schijtlijster – is een scheldwoord voor iemand die bang is, een bange lijster.

Oorspronkelijk afkomstig van iemand (lijder, lijdster) die aan de schijterij leed, waarbij schijterij niet staat voor bang of angstig maar voor diarree.

Een lijster is een zangvogel.

Souper – is een (soms feestelijke) avondmaaltijd.

Doortje krijgt een feestelijke avondmaaltijd bij Boq aangeboden, ter ere van het doden van de Boze Heks van het Oosten.

Stoutmoedig – kloek, brutaal, onverschrokken.

Tevreê – tevreden.

Tornado – zie Wervelstorm

Tule – een doorzichtig garenweefsel met fijne mazen. Soms wordt de stof geweven van verschillende soorten stoffen zoals garen, zijde, goud, zilver en andere metalen. Tule word veel gebruikt in kleding, zoals bijvoorbeeld jurken en sluiers, maar ook voor gordijnen en tegenwoordig ook voor vliegenhorren.

Vedel – een vioolsoort.

Vedelaar – iemand die de vedel bespeelt.

Veldmuizen (*Latijn: Microtus arvalis Pallas*) – Veldmuizen zijn grijsbruine muizen met een volwassen lengte van zo'n 9 tot 12 cm. Het zijn gedrongen dieren met een korte staart van gemiddeld 1/3de van de lichaamslengte. Wanneer ze pas geboren zijn hebben ze geen vacht en zijn ze blind.

Deze muis is een goede graver en leeft op droge, zonnige en beschutte plaatsen in zelf gegraven holen. Ze eten van alles, zoals graangewassen, bollen, groenten en boomschors. In Oz is een vrouwtjesmuis de Koningin van alle Veldmuizen.

Verderfelijk – slecht, boosaardig.

Voet – maateenheid die uitgaat van de lengtemaat van een menselijke voet. Per streek verschilde de maat. In 1959 is internationaal de voet vastgesteld op 12 inches. Een inch is 25,4 mm, dus een voet is 304,8 mm of 30,48 cm.

Wervelstorm – cycloon, tornado, orkaan.

Wanneer krachtige winden uit twee verschillende richtingen elkaar ontmoeten, ontstaat er een draaiende wind waarvan de slurf zichtbaar wordt en beweegt. Dit wordt vaak een cycloon, tornado (in Amerika), tyfoon (in Azië) of wervelwind genoemd. In het midden van de wervelstorm is het vaak windstil.

Een tornado is het kleinere broertje van een orkaan en wordt vaak met hem verward. Vaak heeft een dergelijke storm een verwoestende kracht die nagenoeg niets spaart. Deze stormen worden door meteorologen (weerdeskundigen) in categorieën ingedeeld naar sterkte.

De Amerikaanse staat Kansas bevindt zich in een gebied dat men tegenwoordig 'Tornado Alley' noemt. Het is een gebied waar gemiddeld zo'n duizend tornado's per jaar voorkomen. De meeste zijn niet heel erg krachtig, maar enkele wel.

Wilde kat (Latijn: Felis silvestris) – een wat grotere kattensoort die in verschillende delen van de wereld voorkomt, er worden 5 soorten onderschijden. De wilde kat heeft een lichtgele tot donkergrijze vacht met een vaag strepenpatroon en een geringde staart. Ze komen voor in loofbossen, bosranden, halfwoestijnen en op steppen en savannen. Let op, dit zijn geen verwilderde huiskatten maar katten die nooit huisdieren zijn geworden.

–

Y -

Z

Zachtmoedige – vriendelijk.

Zwarte Bijen (*Latijn: Apis Mellifera nigra*) – Deze bijen worden ook wel 'Donkere Bijen' genoemd en behoren tot de honingbijen.
De Boze Heks van het Westen zet Zwarte Bijen in tegen Doortje en haar vrienden wanneer zij door het Land van het Westen reizen.

Met dank aan

U, de lezer, zonder wie de Koninklijke bibliotheek in de Smaragd Stad erg leeg zou zijn.

Monique Luiken, van DessinDestin, voor de prachtige illustraties en de cover.

Ina Luiken, voor het lezen en in eerste aanleg corrigeren van de tekst.

Anne Tjerk Popkema en Renée Vink voor de (ver)taaladviezen.

Project Gutenberg, voor het beschikbaar stellen van de teksten van de boeken van L. Frank Baum.

David Rumsey, van www.davidrumsey.com, voor het gebruik van de Norris' 1885 landkaart van de Verenigde Staten van Amerika.

Margreet de Roo, van Maneno tekstredactie, en in het bijzonder voor haar geduld.

L. Frank Baum

L. Frank Baum (*1856* – 1919†*) was schrijver, journalist, dichter, acteur en filmmaker. Baum trouwde in 1882 met de feministe Maud Gage (*1861* – 1953†*), met wie hij vier kinderen kreeg. De boeken *Mother Goose in Prose* (1897) en *Father Goose, His Book* (1899) zijn werken die in meer of mindere mate bekend zijn geworden tijdens het leven van Baum, maar zijn definitieve doorbraak kwam met het boek *The Wonderful Wizard of Oz* in 1900.

www.kroniekenvanoz.nl

Monique Luiken

DessinDestin-illustrator Monique Luiken tekende al als kind, droomde van de kunstacademie en heeft, na jarenlang gewerkt te hebben in de grafische sector, deze droom op volwassen leeftijd in vervulling laten gaan door een studie beeldhouwen/tekenen/schilderen aan de Wackers Academie in Amsterdam te volgen. Ook heeft Monique gewerkt in de naschoolse kinderopvang en verschillende cursussen gedaan, waaronder schrijven, fotografie en aan de Kunstacademie Haarlem onder andere grafiek en tekenen. Behalve illustraties voor DessinDestin maakt Monique ook vrij werk, geeft zij tekenles en workshops (o.a. bij de DessinDestin Kunstclub) en speelt zij graag op de klarinet. Meer informatie over het werk van Monique kan u vinden op:

www.dessindestin.art

Jeroen Bakker

Op 30 mei 1981 ziet in de gemeente Velsen een klein jongetje genaamd Jeroen Bakker het levenslicht. Drieënhalf jaar later wordt er een zusje geboren en is het gezin compleet. In 1986 verhuizen de Bakkers naar Heemskerk en begint Jeroen aan zijn schooltijd, die bij tijd en wijle moeizaam verloopt. Als in 2001 dyslexie wordt geconstateerd en daarna in 2008 de diagnose Asperger (een afwijking in het autismespectrum) wordt gesteld, wordt het met terugwerkende kracht duidelijk waarom het bij Jeroen niet altijd van een leien dakje liep op school en en waarom hij soms door diepe dalen ging.

Jeroen zet echter onverdroten door en blijkt algauw, naast een brede belangstelling, over artistieke talenten te beschikken. Door diverse werkzaamheden bekwaamt Jeroen zich gestaag in het schrijven van gedichten (sinds 1996), proza en ook muziek. In 2009 levert Jeroen een, naar eigen zeggen bescheiden, bijdrage aan de totstandkoming van de Friese vertaling van *The Hobbit* (een boek van JRR Tolkien) en verder componeert hij muziek bij een aantal gedichten, waaronder een gedicht van Petrus Augustus de Génestet (Waar en Hoe) en een gedicht uit de Friese Hobbit met de mooie titel 'Wyn fan de Draak'. Na het overlijden van Star Trek-legende Leonard Nimoy componeerd hij 'Requiem for Spock'. Ten tijde van het verschijnen van zijn debuut, de bundel *Verloren uurtjes*, in 2012, werkt Jeroen onder andere op de redactie van een radio-omroep. Daarnaast nemen schrijven, dichten en componeren een groot deel van zijn tijd in beslag. In 2013 verschijnt het boek *De Wereld om met Autisme*, opnieuw een uiterst origineel en ogen openend boekwerk. Begin 2014 (her)vertaalt Jeroen het Duitse balladegedicht '*Lenore fuhr ums Morgenrot*' van de Duitse dichter Gottfried August Bürger, met als doel daar in de toekomst een opera bij te schrijven.

Jeroen heeft zijn overige werkzaamheden de laatste tijd tot een minimum afgebouwd om zijn aandacht volledig te kunnen richten op het vertalen van de verhalen van L. Frank Baum. Er volgen ongetwijfeld nog meer pennenvruchten van de hand van Jeroen, zoals bijvoorbeeld een autobiografie en een hoorspel, dus houd hem in de gaten. Het is zeker de moeite waard.

<u>www.jeroenvanluikenbakker.nl</u>

Frank Koning, biograaf

Bibliografie:

Verloren uurtjes – ISBN 978 9492 469 021

Verloren uurtjes is een gedichtenbundel met opmerkelijke, romantische, oprechte en autobiografische gedichten over uiteenlopende onderwerpen en het korte verhaal 'De Legende van Slaap aan Zee', waarin een klein dorpje aan de Noord-Hollandsche kust in 1482 te maken krijgt met mysterieuze verdwijningen en raadselachtige gebeurtenissen. Het boek bevat daarnaast eigenzinnig artwork van Jasper Kloosterboer.

De Wereld om met Autisme – ISBN 978 9492 469 038

De Wereld om met autisme is een boek waaraan 27 zogenoemde 'autiteurs' hebben meegewerkt. Stuk voor stuk mensen die in hun dagelijks leven te maken hebben met autisme of een aanverwante stoornis. Het bevat verhalen, gedichten en kunstwerken. Het boek poogt een brug te slaan tussen mensen met en mensen zonder autisme. De opbrengsten van de verkoop van het boek gaan naar een goed doel.

Lenore waakt met ochtendrood – ISBN 978 9082 178 258

De (her)vertaling van Gottfried August Bürgers balladegedicht 'Lenore fuhr ums Morgenrot'. Wilhelm, de verloofde van Lenore, trekt met koning Frederik van Pruisen naar het 'heftig krijgsgevaar' bij Praag. Lenore blijft verdroten achter. Als Wilhelm niet terugkeert van de oorlog, tekent zich een romantisch doch luguber tafereel af.

Ahvô Braiths

Ahvô Braiths is een zeer jonge uitgeverij die is gevestigd in Beverwijk. Met de 'Kronieken van Oz' waagt Ahvô Braiths zich aan een groot, eigenwijs en mooi project.

Ahvô Braiths is Oud-Gotisch voor 'watermonding'. Ahvô veranderde na verloop van tijd in het Nederlandse 'ai' en later in 'ij', wat nog steeds water betekent. Braiths werd 'monding' in modern Nederlands. De combinatie van deze woorden betekent watermonding, of te wel 'IJmond', zoals de regio waar de uitgeverij gevestigd is heet.

www.ahvobraiths.nl

Noot van de illustrator

Het schilderij '*Christina's World*' van de kunstenaar Andrew Wyeth diende als inspiratie voor de illustratie op pagina 178-179 (Doortje op de prairie).

Nawoord bij de tweede druk

Deze tweede druk is een herziende editie, wat in dit geval betekent dat een gerenommeerd taalbureau (Maneno tekstredactie) met een stofkam door de tekst uit de eerste druk is gegaan en de nodige taalkundige verbeteringen heeft aangebracht aan mijn vertaling, waar ik haar erg dankbaar voor ben.

Baum schreef het boek rond 1900. Om het boek een authentieke sfeer mee te geven heb ik ervoor gekozen woorden te gebruiken die soms ouderwets aandoen of op een ouderwetse manier gebruikt worden. Zo maak ik bijvoorbeeld gebruik van het ietwat in onbruik geraakte 'heur haar' in plaats van 'haar haar' of 'd'r haar'. Het gebruik van ongebruikelijke of ouderwetse woorden heeft ook tot doel de lezer nieuwsgierig te maken en op ontdekkingsreis te laten gaan, iets waar Baum in zijn tekst zelf ook veelvuldig gebruik van maakt, bijvoorbeeld door synoniemen.

Ik wil nog graag benadrukken dat het als vertaler niet mijn taak is het werk van de auteur te corrigeren. Zo treft u in de reeks met Oz-boeken een aantal inconsistenties aan, zoals in dit boek, 'Stad van de Smaragden' die verderop ineens 'Smaragd Stad' wordt genoemd of de Soldaat met de Groene Bakkebaarden die afwisselend ook de Soldaat met de Groene Baard en Snor wordt genoemd. Een bekende fout, of liever vergissing, van de auteur is dat een personage opeens een kleinood in bezit heeft dat volgens de auteur op een eerder moment werd overhandigd, maar waar op het genoemde moment niet over wordt gesproken. In sommige heruitgaven van de brontekst wordt deze 'vergissing' hersteld door ingrijpen van de uitgever en hoewel goed bedoeld laat ik die wijziging als vertaler toch links liggen, die zit immers niet in mijn brontekst. Ook vertalers hebben soms de neiging de oorspronkelijke tekst dusdanig te vertalen dat ze het kleinood er 'stiekem' in schrijven. Ik geef direct toe dat de tekst zich daar uitstekend voor leent, maar studies van de brontekst (zoals in de *The Annotated Wizard of Oz* van Michael P. Hearn) laten duidelijk blijken dat de 'vergissing' echt door de schrijver is gemaakt, en het is mijn bedoeling zo dicht als mogelijk bij de brontekst te blijven. Dat betekent dat ik de 'vergissing' intact laat.

Sneakpreview

De Kronieken van Oz:

De Wonderbaarlijke Tovenaar van Oz
ISBN: 978-90-821782-2-7

Verhaalt over hoe Doortje, een meisje uit Kansas in Amerika, in het Land van Oz terechtkomt. Doortje probeert om weer thuis te komen bij haar tante Emma en oom Hendrik. Alleen de Grote en Verschrikkelijke Tovenaar van Oz kan haar helpen. Daarom moet Doortje de weg met de gele steentjes volgen om in de Smaragd Stad te komen, waar de Tovenaar woont, en onderweg beleeft ze met haar vrienden de spannendste avonturen die een meisje uit Kansas ooit zal kunnen beleven. Zal Doortje ooit weer thuis komen?

Het Wonderlijke Land van Oz
ISBN: 978-90-821782-6-5

Verhaalt over de avonturen van Tip. Tip woont bij een oude feeks genaamd Mombi. Als het even kan maakt zij Tip het leven zuur. Als hun avonturen Tip en Sjaak Pompoenstaak naar de Smaragd Stad voeren zal Tip zich realiseren dat zijn leven nooit meer hetzelfde zal zijn, zeker als generaal Djindjur de Smaragd Stad bezet. Tip belandt van het ene avontuur in het andere en ontmoet de Vogelverschrikker, de Blikken Man en een bijzondere Wokkelkever. Zal de feeks Mombi in staat zijn om Tip weer in haar macht te krijgen? Blijft generaal Djindjur aan de macht in de Smaragd Stad?

Vreemde bezoekers uit Oz

Een waarheidsgetrouw verslag van de avonturen van de Vogelverschrikker, de Blikken Man, Professor O.R. Wokkelkever D.O. en hun vrienden in de vrij onbekende en grotendeels nog onverkende Verenigde Staten van Amerika.

Het Wokkelkeverboek

Verhaalt over de 'unieke avonturen' van professor O.R. Wokkelkever
D.O.

Ozma van Oz

Verhaalt over hoe Doortje in het Land van Ev terechtkomt, een mechani-
sche man ontmoet en gevangengenomen wordt door een prinses die het
hoofd van Doortje wil hebben. Alleen prinses Ozma kan haar nog redden.
Zal Ozma op tijd zijn? En wat is de rol van de Noomkoning in dit alles?

Doortje en de Tovenaar in Oz

Verhaalt over hoe Doortje, Zep en de Tovenaar van Oz in de aarde terechtkomen, waar de mensen van groente zijn en waar huizen van glas
groeien als bomen. Doortje, Zep en de Tovenaar belanden van het ene
avontuur in het andere. Zullen ze ooit nog uit de aarde komen?

De Weg naar Oz

Ozma viert groot feest en alle notabelen uit omliggende 'sprookjeslan-
den' zijn uitgenodigd, onder wie Koningin Zixi van Ix. Dit boek verhaalt
over nieuwe avonturen van Doortje in Oz, waar ze veel nieuwe vrienden
ontmoet, zoals de dochter van de Regenboog, en waar ook enkele beken-
den terugkomen zoals Ozma, de Vogelverschrikker en de Blikken Man.

De Smaragd Stad van Oz

Oz is in groot gevaar, er dreigt een invasie van de Noomkoning en zijn
bergfeeën. Doortje en haar oom en tante reizen naar Oz zonder dit te weten. Hoe zal dat aflopen?

Het Lappenmeisje van Oz

Verhaalt over hoe het Lappenmeisje tot leven kwam en over Une en Ojo, twee Knibbelingen, die in grote problemen komen. Kan de machtige Tovenaar van Oz hen redden?

Verhaaltjes uit Oz

Zes korte verhalen over onder anderen Doortje en Toto, de Laffe Leeuw en de Hongerige Tijger, de Vogelverschrikker en de Blikken Man, en Ozma en de kleine Tovenaar.

Tik-Tak van Oz

Betsie en haar ezel Henk leiden schipbreuk en spoelen aan op het strand van een vreemd en onbekend land. Betsie en Henk komen op hun avonturen oog in oog te staan met het leger van de Noomkoning. Gelukkig is er hulp onderweg, maar zal die hulp op tijd komen?

De Vogelverschrikker van Oz

Het avontuur begint wanneer Trot en Kapt'n Bil langs de Grote Oceaankust van het Amerikaanse California roeien en ze plotseling in een kolkgat terechtkomen. Het tweetal wordt op miraculeuze wijze gered, en tot op de dag van vandaag beweert Trot dat zij onder water de handen van Meerminnen voelde. De Vogelverschrikker neemt de leiding over als Bill wordt veranderd in een kleine sprinkhaan met een houten poot. Hoe zal dat aflopen?

Rinkitink in Oz

Rinkitink is een jolige, dikke koning die zich moet bewijzen als hij met Prins Inga van Pingarie in gevaarlijke avonturen belandt. Op hun avonturen komen ze zelfs helemaal naar het ondergrondse land van de Noomkoning. Het tweetal heeft drie magische parels, maar zal dat hen helpen en zal Prins Inga stoutmoedig genoeg zijn om zijn ontvoerde ouders te redden?

De Verdwenen Prinses van Oz

Ozma is verdwenen! Ze was al eens verdwenen, voor lange tijd, maar dit is toch anders. Doortje en haar vrienden doen hun uiterste best om Ozma te vinden. Overal in Oz wordt naar Ozma gezocht, maar zal ze ooit gevonden worden?

De Blikken Houthakker van Oz

Toen de houthakker nog niet van blik was gemaakt, was hij verloofd met Nimmie Amee. De Boze Heks van het Oosten betoverde zijn bijl en al houthakkende hakte hij stuk voor stuk zijn lichaamsdelen eraf. Elke keer wanneer de houthakker een stuk van zijn lichaam kwijt was, liet hij het door een smid vervangen door een stuk van blik, totdat hij helemaal van blik was gemaakt. Omdat hij na het verliezen van zijn lichaam geen hart meer had, was hij niet meer verliefd op het meisje. De Boze Heks van het Oosten had gewonnen. Nu hij weer een hart heeft, wil hij op zoek gaan naar zijn verloofde. Zal hij haar ooit vinden en zal Nimmie al die tijd op hem hebben gewacht?

De Magie van Oz

De Noomkoning heeft zijn zinnen gezet op wraak op Ozma en hij reist af naar Oz. Onderweg komt hij de schelmachtige Kiki Aru tegen, die een enorme kracht heeft ontdekt. Zal deze magische en mysterieuze kracht van Kiki Aru de Noomkoning eindelijk zijn langgekoesterde wraak op Ozma en haar vrienden brengen?

Glinda van Oz

Verhaalt over Doortje en Ozma, die naar een afgelegen deel van Oz reizen om een oorlog te stoppen. Maar ze worden onderweg gevangen in
een stad onder een kristallen koepel die afzakt naar de bodem van een
meer. Glinda en de Tovenaar zijn nu de enigen die Doortje en Ozma nog
kunnen redden, maar komen ze op tijd?

Minibiografie, Lexicon

Bevat een compleet lexicon en een minibiografie van Lyman Frank Baum.

De Kronieken van Oz : Deel 2 :

Het Wonderlijke Land van Oz
L. Frank Baum
Ilustraties: Monique Luiken

Het Wonderlijke Land van Oz

– een fragment uit hoofdstuk 1 –

In het Land van de Nagelingen, dat in het noorden van het Land van Oz ligt, woonde een jongen genaamd Tip. Er school meer in de naam dan je op het eerste gezicht zou vermoeden, want de oude Mombi vertelde vaak dat zijn volledige naam Tippetarius was – maar er werd van niemand verwacht dat hij zo'n lange naam zouden gebruiken als je ook kon volstaan met 'Tip'.

De jongen wist zich niets te herinneren van zijn ouders, want hij was al heel jong naar de oude vrouw gebracht die Mombi heette en die hem had grootgebracht. De reputatie van Mombi, en het spijt me dit te moeten zeggen, was niet al te best. Het Nagelingenvolk had reden genoeg om te denken dat Mombi zich bekwaamde in de kunst van de magie, en kwam daarom liever niet in haar buurt.

Mombi was, om precies te zijn, geen Heks, want de Goede Heks die dit deel van het Land van Oz regeerde had verboden dat andere Heksen zich in haar domein ophielden. Dus realiseerde Tips voogd zich, hoe graag ze ook met magie werkte, dat het onwettig was om meer te zijn dan een Tovenares, of toch op zijn best een Toverkunstenares.

Tip moest hout uit het bos sjouwen, zodat de vrouw haar pot aan de kook kon brengen. Hij werkte ook in de graanvelden, schoffelde en pelde bollen, voedde de varkens en melkte de koe met de vier horens, die de trots van Mombi was.

Nu moet je niet denken dat hij alleen maar aan het werk was, want hij dacht dat altijd maar werken slecht voor hem zou zijn. Als hij naar het bos moest, klom Tip vaak in de bomen om de vogeleieren te bekijken of hij vermaakte zichzelf door achter de witte konijnen aan te rennen of door met een gebogen spijker te gaan vissen in een van de beekjes. Daarna haastte hij zich om armen vol hout naar huis te brengen. En als hij werd verondersteld om in de maïsvelden te werken, en Mombi hem door de grote stengels niet meer kon zien, wroette Tip vaak in de gaten van de grondeekhoorns, of – als hij er zin in had – deed hij een dutje tussen de rijen maïs. Door zichzelf niet uit te putten groeide hij op tot een sterke en goedgebouwde jonge knul.

De vreemde magie van Mombi beangstigde haar buren, die haar dan ook verlegen, maar wel met respect, bejegenden vanwege haar bizarre krachten. Maar Tip had, om eerlijk te zijn, een vreselijke hekel aan haar, en hij deed geen enkele moeite om dat te verbergen. Soms behandelde hij de oude vrouw met minder respect dan ze verdiende; ze was tenslotte wel zijn voogd.

Nu ook verkrijgbaar

Het e-boek: *De Laffe Leeuw en de Hongerige Tijger*.

De Laffe Leeuw en de Hongerige Tijger besluiten om de stoute schoenen aan te trekken en kattenkwaad te gaan uithalen. Ze praten over hoe ze mensen het beste kunnen verscheuren en hoe ze baby's willen verslinden. Zijn de inwoners van de Smaragd Stad nog wel veilig voor deze gevaarlijke beesten?

ISBN: 978 9082 1782 41